KB261863

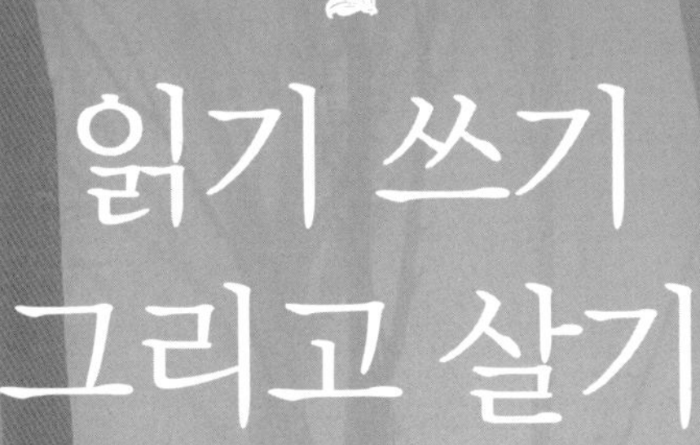

읽기 쓰기 그리고 살기

| 김열규 지음 |

한울

이 도서의 국립중앙도서관 출판시도서목록(CIP)은 e-CIP홈페이지(http://www.nl.go.kr/ecip)
와 국가자료공동목록시스템(http://www.nl.go.kr/kolisnet)에서 이용하실 수 있습니다. (CIP제
어번호: CIP2013001738)

고쳐 생각하는 읽기와 쓰기

인간은 읽고 쓰는 존재다. 읽음으로써 사람이 되고 씀으로써 인간이 된다. 컴퓨터와 모바일을 사용하는 요즘이라면 마우스로 화면을 클릭하고 자판을 두드림으로써 우리의 사람됨이 지켜진다고 할 수 있다. 아무려나 우리는 읽어서 사람이 되고 또 씀으로써 사람다워진다. 읽기, 쓰기는 인간 조건이다. 인간이 인간일 수 있는 으뜸가는 조건이다.

우리는 입으로 음식을 먹어서 몸을 지켜나간다. 그렇듯 머리와 가슴으로 읽고 쓰면서 우리의 사람됨을 지켜나간다. 쓰고 읽음으로써 정신과 정서를 살찌워나간다. 먹지 않고 사는 사람이 없듯이 쓰지 않고 사는 사람, 읽지 않고 사는 사람은 없다. 쓰고 읽는 것은 인간 원리다.

읽는 과정을 따라 우리 인생이 가름된다. 꼬맹이 시절, 만화로 시작된 읽기는 유년 시절과 소년·소녀 시절을 맞으면서 동시나 동화 읽기로 옮겨간다. 초·중·고교 시절에는 교과서와 참고서 읽기가 가장 큰 비중을 차지할 것이다. 그 이후에는 대학교에서 그렇듯이 전문 서적이나 교양서적을 통해 읽기가 제구실을 하게 될 것이다. 이러한 읽기를 통해 마음이 살찌고 가슴이 영글고 영혼이 승화해가는 것을 실감할 것이다. 그래서 읽기는 자기발전이고 자기성장이 된다.

여기서 우리는, 가령 미국의 예일 대학 교수인 헤럴드 블룸Harold Bloom이 그의 책 『어떻게 또 왜 읽느냐』에서

궁극적으로 우리는 베이컨이나 존슨이나 에머슨이 동의할 것처럼, 우리 스스로를 강화하기 위해서 읽는다. 또한 우리 스스로의 믿음직한 관심을 알기 위해서 읽는다.

라고 내세우고 있는 것에 머리 조아리게 될 것이다. 이렇듯 우리의 이력이며 경력, 그리고 자아 기르기 및 인생살이의 과정은 읽기의 변화로 가늠될 수 있다. 읽기가 우리 인생의 역정歷程이 된다. 우리 개개인의 역사가 된다.

읽기의 그와 같은 속내가 쓰기와 무관할 수는 없다. 누구나 전 학력에 걸쳐 쓰기가 만만찮은 구실을 맡아냈다는 것을 알 수 있을 것이다. 어느 개인이나 학력은 읽기 반, 쓰기 반으로 엮어지기 마련이다. 공책에 쓰고 시험지에 써 넣고 하는 것이 공부의 성과를 좌지우지했을 것이다. 오늘날에는 컴퓨터와 모바일에 글자를 찍어 넣는 쓰기 방식으로 공부를 해나가기도 할 것이다. 자신의 인생 관리를 해나가기도 할

것이다.

학생으로서만 쓰기를 하는 것은 아니다. 성인이 되고 사회인이 되고 난 뒤에는 문서를 쓰고 서류를 쓰고 하는 것이 곧 직무가 되고 소임이 될 것이 분명하다. 그뿐 아니라 개인으로서 일기를 쓰고 편지를 쓰고 이메일을 쓰고 하는 데에 우리는 적잖은 시간을 바칠 것이다. 이렇게 글을 쓰고 짓는 꼭 그만큼, 자신의 삶을 꾸려가고 엮어갈 것이다. 그러면서 각자는 자기만의 세계를 가꿀 것이다. 더불어 자기를 계발하고 개척하게 될 것이다.

이제 읽기와 쓰기가 분명 다 같이 우리 각자의 자아 다듬기며 가꾸기라는 것이 내세워졌다고 자부하고 싶다. 그래서 영혼과 마음, 가슴에 영양분을 대는 것이 바로 읽기이며 또 쓰기라는 것을 강조하는 것으로 서문을 마무리하고 싶다.

이 한 권의 책이 지어지기까지, 도서출판 한울의 박행웅 고문께서는 이 방면의 영어 원전 10여 권을 보내주셨다. 또 편집부에서도 원고가 마무리되기까지 도움 주신 것까지 더해 깊이 고개 숙인다.

필자 삼가

차례

읽기 · 쓰기,
그 신세계 발견과
자기 창조

인간을 '호모 사피엔스Homo Sapiens'라고 부르기도 한다. 생각하는 것이 인간을 인간답게 하는 본성이라는 것을 의미한다. 그런데 우리가 머리를 쓰고 생각할 때, 글을 읽고 쓰는 일이 차지하는 몫은 매우 크고 요긴하다. 물론 우리는 글과 별도로 궁리하고 생각하기도 한다. 그러나 우리의 생각하기와 궁리하기는 글을 읽고 쓰는 과정을 통해 비로소 본격적인 것이 된다. 글 읽기와 쓰기는 인간 사고에서 절대적인 몫을 차지한다.

'문리文理를 말하면 그 몫의 크기를 절로 들먹이게 된다. 한 편의 글의 이치, 곧 글의 짜임새며 엮음새가 문리인데, '문리를 깨닫는다'는 말은 곧 글의 내용이며 뜻하는 바를 온전하게 알아차린다는 것을 뜻한다. 문리가 곧 글의 알맹이가 되는 셈이다. 우리의 생각은 문리를 터득하고 이룩해냄으로써 비로소 제 보람을 거두게 된다.

생각하기는 글을 읽고 쓰는 것과 같은 구실을 맡아내게 된다. 그래서 우리는 글 읽기를 통해 그 글이 아니면 비춰 보이지 못할 세계를 찾아내고, 인간을 발견한다. 심지어 글이라는 거울에 비추어 우리 각자의 내면이나 본성을 알아차리게 되기도 한다. 그래서 읽기는 세계와 자아의 발견이 되고, 또 깨달음이 된다. 그리고 마침내는 자기 창조로까지 나아간다. 남의 글 한 편을 읽음으로써 비로소 자신을 볼 수 있게 된다.

이 점은 글을 쓰고 짓는 과정에서 더한층 두드러지게 될 것이다. 글짓기는 '짓기'라는 말 그대로 만듦이고 제작이고 창작이다. 남들에게 새로운 세계와 인간상을 선물하는 한 방법으로 글을 지음으로써 비로소 각자는 지어진 자신과 대면하게 되기도 한다. 글짓기는 필경 '자기 짓기'에서 마무리될 것이다.

1

읽기의 여러 곡절

우리는 읽지 않곤 못 산다. 글 읽기, 책 읽기는 우리 삶에서 매우 요긴한 대목이다. '배워서 남 주나'라는 말에 기대어 '읽어서 남 주나'라는 말을 해볼 수 있다. 그것은 배운 것만큼 또 읽은 것만큼 스스로 자라고 커지고 성장함을 의미한다. 우리 인생은 배움인데, 배움에서 읽기가 차지할 몫은 너무나 크다. 그러자니 산다는 것과 읽는다는 것은 서로 얽혀 있게 된다. 그래서 또한

읽기는 나를 깨어나게 했다. 그것은 조잡한 한계 속 좁은 시계에서 벗어나 넓디넓은 가능성으로 나를 이끌어갔다. 시 없이, 문학과 예술 없이는 나는(수많은 다른 사람도 마찬가지라 여겨지지만) 비참하게 죽을 수밖에 없을 것이다.

라는, 미국에서 많이 읽힌 책 『왜 읽는가Why Read』의 지은이 마크 에드먼슨Mark Edmundson의 말에 우리는 공감하게 될 것이다.

1) 읽기의 세 원칙: 무엇을·왜·어떻게

우리는 읽으면서 살고, 또 살면서 읽는다. 살기와 읽기는 서로 잘도 어울린다.

우리 각자의 온 평생이 읽기로 엮어지고 있다. 철이 미처 안 든 꼬맹이들은 만화를 읽고 또 동화를 읽는다. 학교를 다니면서부터는 교과서며 참고서가 중요한 읽을거리가 된다. 시며 소설도 곧잘 읽게 된다. 성년이 되면서는 읽는 게 한층 더 다양해진다. 메모를 읽고 편지며 메일을 읽고 신문, 잡지도 읽는다. 서류며 문서도 읽지 않을 수 없다. 물론 학교 다니던 시절에 이어서 문학작품도 읽게 된다. 이렇게 인간의 한평생은 온통 읽기로 이어지고 꾸려지기 마련이다.

그런데 읽기는 글이며 책을 읽는 데 그치지 않는다. 한국말에서 '읽기'라는 낱말은 여러모로 다양하게 쓰이고 있다. 우리는 남들의 얼굴을 읽는다. 또 우리는 세상을 읽는다. 그뿐 아니라 물정을 읽기도 한다. 인심이며 사물, 사건도 읽는 것이 곧 물정 읽기다. 이렇듯 우리는 책이나 글 말고도 갖가지를 읽고 있다.

뭔가 겉을 보고 살피면서, 그 속내를 알아내고 속사정을 캐내고 하는 것이 곧 읽기다. 얼굴 읽기가 마음 읽기로 이어지게 되는 것이 그 좋은 본보기다. 이럴 경우 읽기는 무엇인가의 속을 캐내는 일이고 알맹이를 짚어내는 일이 될 것이다. '속을 잘 짚어보라'는 말은 읽기에서도 그 효능을 발휘할 것이다. 이와 같은 읽기의 속 깊은 뜻을 우리 마음에 깊이 새겨두는 게 좋을 것 같다.

이처럼 우리는 남들의 얼굴을 읽고 사물을 읽고 또 세상을 읽곤 한다. 하지만 읽기의 본바탕은 아무래도 글 읽기고 책 읽기가 아닐 수 없다. 책과 글 읽기는 우선은 눈으로 읽는다. 눈으로 글을 따라가고 살펴나가는 것이 곧 읽기다. 하지만 그것만은 아니다. 눈이 읽는 것과 짝을 이루어 머리가 읽는다. 그리고 가슴도 눈으로 읽기에 끼어든다. 이것이야말로 알짜 읽기다. 이런 알짜 읽기에는 세 가지 원칙이 있다. 그 원칙은,

- 무엇을 읽을까?
- 왜 읽는가?
- 어떻게 읽을까?

이런 세 가지 물음과 맞물려 있다.

'무엇을 읽을까?'라는 물음과 관련해서는 몇 가지 답이 나올 수 있다. 이른바 '장르', 곧 문학, 논문, 신문기사 등등 글의 종류가 바로 그 무엇이 될 수 있다. 그런가 하면 내용으로 따져서 직업이나 일거리에 도움이 될 실용적인 글이나 책이 있다. 또 다른 한편으로는 인간의 인간됨을 돕게 될, 이른바 교양을 닦고 쌓기에 알맞은 읽을거리도 그 무엇에 해당한다.

다음으로 '왜 읽는가?'라는 물음은 가령 심심풀이로, 외로움을 달래기 위해, 아니면 공부를 위해 또는 실생활에 도움을 얻기 위해 등등의 답을 이끌어낼 것이다. 읽기의 목적과 답이 큰 몫을 차지하게 될 것이다.

마지막으로 '어떻게 읽을까?'라는 물음에 대해서는, 대충 읽는 훑어 읽기, 한 자 한 자 짚고 따져서 읽는 꼼꼼히 읽기가 있을 수 있다. 읽고 나면 그뿐, 잊어버려도 그만이게 읽는 한편으로, 온 문맥이며 내용을 기억과 마음에 아로새기며 읽는 수도 있을 것이다. 글을 마음이며 머릿속에 다시금 인쇄하듯이 읽기도 할 것이다. 그뿐 아니다. 글이며 책의 내용이 가슴속에 메아리치게 할 수도 있을 것이다.

일상적으로 우리가 이들 세 원칙에 유념하면서 책이며 글을 읽고 있는 것은 아니다. 그러나 무심코라도 그 원칙들을 따르기 마련이다. 모르고 하긴 해도 우리가 무언가 읽을 때마다 이 세 가지 원칙이 작용하게 될 것이다.

2) 읽기의 세 가지 보람: 정보 · 지식 · 정서

읽으면서 우리는 하고많은 것을 얻는다. 그 많은 수확 때문에 읽기는 꼭 벼, 곡식의 가을걷이 같다는 생각을 하게 된다. 읽음으로써 우리는 정보를 얻게 되고, 지식을 갖게 되고, 또 정서를 거두게 된다. 정보와 지식 그리고 정서, 이 셋이야말로 읽기의 세 가지 수확이다. 세 가지 추수 같은 것이다.

그 가운데서 정보는 요긴하긴 해도 얻고 간직하기가 단출하다. 무엇인가에 대해 알림을 주는 것이 정보다. 대개는 객관적인 것으로 알기 쉽게 되어 있다. 가령 부동산 정보, 주식 정보, 기상 정보 또는 교통 정보 들은 어려울 것이 없다. 읽는 대로, 보는 대로 받아들이면 그만이다. 대개 문장이 간단하고 그 내용도 글 자체에 이미 다 드러나 있어서 새삼 캐고 따지고 할 게 없다. 알려주고 알리고 하면 그만인 게 정보다. 하지만 그런 정보는 우리 일상의 삶을 꾸려가는 데 결정적인 도움을 준다. 정보는 그날그날 또는 그 한때 한때의 생활을 위한 지침이 된다. 그래서 정보는 수식이나 꾸밈이 없이 으레 간편한 실용문으로 이뤄지기 마련이다.

읽음으로써 우리는 지식도 얻게 된다. 이 경우 지식이란 잠시 잠깐 알리면 그뿐인 단편적인 것을 뜻하지 않는다. 세계관, 인생관, 가치관 등 통찰을 품고, 체계를 갖추고 하기 마련인 지식을 의미한다. 이런 지식에는 사물이며 세상을 알아보는 인식이나 식견도 포함된다. 예를 들어 신문사설을 읽으면서 우리는 시사문제를 대하고 인식하는 방법을 터득하게 된다. 소설을 읽으면서는 주인공의 인생관에 관한 지식을 가지게 될 것이다. 에세이나 수필을 읽으면서는 인생이며 세상과 사물에 관한 남다른 지식을 챙기게 될 것이다.

지식은 주로 머리를 통해 얻는 데 비해 정서나 정감은 가슴으로 받아들이는 경우가 많다.

나 보기가 역겨워

가실 때에는

말없이 고이 보내 드리우리다.

영변寧邊에 약산藥山

진달래 꽃

아름따다 가시는 길에 뿌리우리다.

가시는 걸음걸음

놓인 그 꽃을

사뿐히 즈려 밟고 가시옵소서.

　김소월의 이 시를 읽는 사람은 누구나 시와 더불어 서러움으로, 애처로움으로 가슴이 미어지는 것을 공감할 것이다. 슬픔의 감정이 저려들 것이다. 시는 감정 또는 정서의 공감으로 읽혀진다.

　하지만 지식에 정감이 사무칠 수 있듯이 정감에 지식이 어울려들기도 한다. 가령 서사시가 역사의 객관적인 흐름을 지식 위주로 엮어내는 한편으로 그 흐름에 감정을 덧붙이게 되는 것을 보기로 들 수 있을 것이다. 그런가 하면 위에서 읽은 소월의 시에서 서러움을 참아내면서 곱게 치러내는 이별이 참다운 사랑의 징표일 수 있다는 깨달음을 얻게 되기도 할 것이다. 사랑의 새로운 지식에 눈뜨게 될 것이다.

3) 읽기의 두 가지 길: '선을 따르는 읽기'와 '깊이 읽기'

읽기는 보기와는 달라서 '눈에 든 것' 그것으로 마무리될 수는 없다. 물론 글이 눈에 드는 것도 예삿일은 아니다. 모든 읽기는 '글 보기'로 비로소 시작된다. 하지만 읽기는 눈에 드는 것을 바탕으로 눈에는 안 드는 것, 비로소 머리에 드는 것을 챙겨나가야 한다.

한 단락의 글, 한 편의 글을 읽어나갈 때 글의 국지적인 연계, 곧 문장 하나마다의 이음새를 이어내고는 글의 전체적인 맥락, 곧 토막과 토막 사이의 짜임새를 짜내야 한다. 이음새를 잇고 짜임새를 짜고 하는 일을 '선을 따르는 읽기'라고 규정해볼 수 있다. 글이 이미 이루어내고 있는 앞뒤의 순서를 따라 읽어가는 일이 될 것이기 때문이다. 가령, '도입 - 발전 - 정리' 또는 '서론 - 본론 - 결론' 따위로 한 편의 글을 읽는 것을 그 본보기로 들 수 있다.

그런데 '선을 따르는 읽기'는 곧게 직선을 그으면서 앞에서 뒤로만 나아가는 것은 아니다. 나아가다 말고는 뒤에서 앞으로 회돌이를 쳐야 한다. 더구나 몇 차례 회돌이를 치면서 왔다 갔다 해야 할 때도 있다. 그러자면 '선을 따르는 읽기'는 '그물 엮기'나 '얽기'를 하게 된다. 여기서 읽는 사람은 '얽어 읽기'를 하게 되는데, 그것은 회오리치는 나선螺線을 그리는가 하면 둥근 원을 그리기도 할 것이다.

그런데 실제 읽기에서 우리는 '선을 따르는 읽기'를 하는 동시에 '깊이 읽기'를 하게 되어 있다. 선을 따라서 한 편의 글을 읽어나갈 때 독자는 겉으로는 직접 드러나지 않는 글의 심층, 곧 깊이에 마음을 쏟게 된다. 내면을 파고드는 읽기, 깊숙한 속을 캐고 드는 읽기를 하게 된다. 이것을 '속을 캐어 읽기'라고 해도 괜찮을 것이다. 이처럼 속을 캐며 읽는 '깊이 읽기'는 광부가 지하에서 광맥을 캐나가는 것에 견줄 수 있을 것 같다. 이를 통해 문장 겉으로는 드러나 있지 않은 것, 읽는 사람이 비로소 머리로 짚어내게 되는 글의 속 알맹이를 엿볼 수 있을 것이다.

'선을 따르는 읽기'에 겹친 '깊이 읽기'의 결과 글이나 책 읽기는 발굴이 되고 발견이 된다. 누구든 읽는 사람 그 당사자가 아니고는 캐내지 못하고 발굴하지 못할 글의 속내가 비로소 드러나게 될 것이다. 그러니 같은 글이라 하더라도 글은 읽는 사람을 기다려서 가까스로 주제가 드러나고 내용이 찾아지게 된다.

그래서 우리는 글을 읽을 때 글에 순종하는 것에만 머물 수 없게 된다. 읽는 본인이 아니면 안 되는 경지로, 능동적이고 적극적으로 읽는 지경에까지 나아가게 될 것이다. 그래서 글은 잠재력을 갖춘, 탄력 있고 융통성 있는 실체가 되는 동시에 읽는 일은 곧 창조가 된다. 글에 따라서는 무진장한 광맥이 되기도 할 것이다. 그러므로 우리 독자는 글을 읽을 때마다 삽이며 곡괭이를 움켜쥔 광부가 되기를 자처해야 한다. 내가 읽음으로써 비로소 드러나고, 비로소 있게 되는 글의 속내를 노려야 한다.

4) 글 읽기라는 만남

'선을 따르는 읽기'와 '깊이 읽기'로 양수겸장을 하게 되면 절로 고개를 숙이고 깊은 생각에 잠기게 된다. 글의 앞뒤를 따지고 겉과 속을 연관 지으면서 깊은 생각에 젖게 된다. 그것이 이른바 '숙독熟讀'이다. 가을날 과일의 속이 익듯이 글의 내용이 머릿속에서 곰살갑게 숙성하게 된다.

그것은 드디어 탐독耽讀의 경지에 이르게 되기도 한다. 아주 맛있는 음식을 탐내어 먹듯이 글의 내용, 책의 내용을 탐내 머릿속에 삼키게 된다. 요행스럽게도 이 지경이 되면 읽기는 먹기에 견주어도 좋을 것이다. 먹을거리를 사뭇 꼭꼭 씹어서는 뱃속으로 삼키고 드디어 그 먹을거리를 영양분이 되게 해서 우리의 생체 속에 녹아들게 하는 것과 같다. 이렇게 되면 '먹자 판'이 신나듯이 '읽자 판' 역시 신난다. '선을 따르는 읽기'와 '깊이 읽기'가 어울려서 이 경지에까지 다다라야만 한다.

이쯤에서 앞의 3절에서 풀이된 것을 요약하자면 어떻게 될까?

다름 아니다. 글 읽기는 '진맥診脈하기'가 된다. 한의사가 환자가 앓고 있는 병의 속을 알아내기 위해 맥을 짚어보는 것을 글 읽기에 견줄 수 있다. 양의사에 견준다면 진찰이나 검진이라고 해도 좋을 것이다.

우리가 글이나 책에 취하고 홀리게 되면 책의 냄새를 즐기는 한편으로 책갈피를, 책의 페이지를 손바닥으로 어루만지게 되기도 한다. 마치 모처럼 정든 사람을 만나 서로의 손을 어루만지듯이 책을 어루만지게 된다. 그럴 때 책갈피나 페이지의 촉감은 참 매력적이다. 정든 이의 손바닥 같은 것이다.

읽기의 또 다른 면모가 있다. 그것은 다름 아니고 우리가 글을 대하고서는 '선을 따르는 읽기'와 '깊이 읽기'를 하게 되는 동시에 글을 통해 대면이 이루어지고 상면이 이루어진다는 점이다. 대담하는 상대와 마주하게 된다는 것이다. 이래서 글이며 책 읽기는 만남이 된다. 대화가 된다.

오늘날 직장인들은 대부분 힘겹고 바쁜 일과 때문에 참다운 대화, 인격이 어린 대화를 잃고 살고 있다. 참다운 그리고 정에 겨운 대화가 흉년 들고 있다. 고작해야 사무적인 얘기나 주고받고 그래서 실무적인 화제로 이야기를 나누게 마련이다. 생활인들은 인격이 오가고 가슴과 마음이 내왕하는 대화에 굶주려 있다. 그래서 또 참다운 대화, 본격적인 대화로서의 글 읽기가 한층 더 간절해진다. 친구나 정든 사람을 찾듯이 글을 대하게 된다.

이 경우 대화의 상대로는 두어 가지가 있을 수 있다. 글의 지은이가 될 수 있는가 하면, 글 속에 들어 있는 주제나 내용이 될 수도 있다. 읽는 사람의 물음에 응해서 글이 보내오는 내용일 수도 있을 것이다. 누군가가 글을 읽어가면서 물음을 던지거나 사연을 건네면 글은 그 물음이며 사연에 어울리게 화답하게 된다. 물론 읽는 사람이 던지는 물음이나 사연이 그대로 메아리쳐 돌아오는 수도 없잖아 있을 것이다. 하지만 대부분의 경우 글이나 책은 읽는 사람의 정성이며 성의에 응답해 대화를 걸어오게 된다. 글이 마음을 열게 된다.

그래서 또한 글과 책 읽기에서 '대화하는 인간'의 본성이 드러난다. 말을 주고받고 대화를 나누기 때문에 비로소 인간의 인간다운 속성이 갖추어진다고 말한다면, 그 속성은 다름 아닌 글이며 책 읽기에서 본격화한다고 말하고 싶다. 대화는 인간의 말이 갖추고 있는 으뜸가는 원리이며 기능이다. 서로 대화하는 것, 그것이 곧 말이 맡은 종국적인 구실이다. 말은 곧 대화라고 해도 지나치지 않을 것이다. 심지어 독백, 곧 혼잣말조차도 자신이 그 자신에게 건네는 '홀로 나누는 대화'라고 보아도 좋을 것 같다.

우리는 글이며 책 읽기를 통해서도 대화한다. 더욱이 우리가 하고 있는 대화 가운데서도 가장 요긴한 것이 곧 글과 책 읽기로 이루어진다. 친구와 나누는 대화, 사랑하는 이와 주고받는 대화 못지않은 대화가 글과 책을 읽는 동안 이루어진다.

우리는 글이며 책을 읽는 동안 글쓴이의 의도와 말을 주고받는다. 문장 겉으로는 직접 드러나 보이지 않는 '잠재된 의미'가 읽는 사람에게 귀띔을 하기도 한다. 읽는 중에 이따금 우리가 고개를 주억거리거나 무릎을 치는 것은 그 잠재된 의미와 대화가 이루어지기 때문이다.

5) 읽기를 통한 자기 가꾸기, 즐거움 누리기

인간이란 무엇인가?

이 물음은 인간으로서는 가장 어려운 물음이다. 하지만 이 가당찮은 물음에 대한 답이 몇 가지 있다는 것은 누구든 익히 알고 있을 것이다. '호모 사피엔스', 곧 '이성을 가진 인간'을 비롯해 '호모 파베르Homo faber', 곧 '손으로 물건을 다루고 만드는 인간' 등은 누구나 쉽게 떠올릴 것이다. '호모 루덴스Homo ludens'라는 것도 있다. 갖가지 유희를 하고, 놀고 장난치기 때문에 비로소 인간이 인간다워진다는 것을 뜻하는 말이다. '호모 심보룸Homo symbolum', 이를테면 '기호를 쓰는 인간'이란 것도 생각해볼 수 있다.

그런데 필자는 '읽기 하는 인간' 그리고 '쓰기 하는 인간'을 크게 내세우고 싶다. 글이며 책을 읽고 쓰는 것은 인간이 아니면 하지 못할 일로, 오직 인간만의 본질임을 강조하고 싶다. 그렇다면 누군가가 책이나 글을 대하고는 묵묵히 앉아 있는 바로 그때, 그는 진정으로 사람다워진다고 보아도 괜찮을 것이다. 어느 한 사람이 고개를 숙이고 글이며 책에 시선을 박고 있는 바로 그때 거기 참 인간의 모습이 드러나 있을 것이다. 인간이 가장 인간다울 때의 자화상이 거기 그려져 있을 것이다.

글과 책을 읽으면서 그는 자신을 다듬고 가꾸게 된다. 맛있는 음식을 먹듯이 글과 책의 알맹이를 삼키면서 그 자양분을, 정신과 정서를 위한 영양분을 빨아들이게 된다. 인격이며 인품, 이성이며 오성, 그뿐 아니라 감성과 정감이 무럭무럭 자라날 것이다. 그 모든 마음의 영양소가 이른 봄에 푸나무 싹이 자라나듯 하는 기적을 실감할 것이다.

그것은 위대한 쾌락이다. 물론 읽기를 통한 새로운 세계의 발견, 콜럼버스의 신대륙 발견과 같은 발견도 대단할 즐거움이다. 남들과의 만남, 작품 속 인물과의 만남 또한 엄청날 것이다. 평생토록 마음에 새겨질 그 인물은 정답기가 한량없기도 할 것이다. 하지만 읽는 사람 자신이 읽기를 통해 스스로도 미처 몰랐던 자기와의 만남을 이루게 되는 그 보람, 이를테면 자기 발견의 즐거움을 가장 큰 보람이라고 생각해야 한다. 그에 겹쳐서 읽는 사람 스스로 자신의 마음과 정서가 새롭게 자라고 길러지는 자기 성장의 즐거움 또한 넘겨보지 말아야 한다.

그렇기 때문에 우리는 글과 책 읽기가 즐거움이란 것을 빠뜨리면 안 된다. 사람들이 흔히 독서를 취미라고 할 때, 그것은 독서의 재미를 말하는 것이지만, 그 재미의 으뜸으로 자아 발견과 더불어 누릴 수 있는 자기 성장을 내세워야 할 것이다. 미국에서 최근에 적잖은 베스트셀러를 낸 헤럴드 블룸이 "베이컨, 존슨 그리고 에머슨이 수긍하듯이 필경 읽기란 것은 자아를 강화하기 위해서 읽는다"고 주장한 것도 이 때문이다. 그뿐 아니다. 현대 미국에서 가장 이름이 널리 알려진 문학 비평가 스탠리 피시Stanley Fish가 읽기를 두고 '읽는 사람이 스스로 즐거움을 누리면서 자신을 보다 더 잘 가꾸는 일'이라고 한 것도 역시 이 때문이다.

　한편, 피시와 다를 바 없이 블룸 역시 읽기가 자기 발전이면서 쾌락임을 아울러서 강조하고 있다. 그는 전문 도서 읽기나 대학 강의실에서의 읽기 등 말고 취미로 하는 읽기에서 읽기의 쾌락 원리를 더한층 크게 내세우고 있다. 요컨대 블룸은 글이며 책 읽기가 자아를 다듬고 가꾸면서 즐거움을 누리게 되는 것임을 보이고 있다. 그런데 그는 "잘 읽는다는 것은 고독이 제공할 수 있는 위대한 즐거움의 하나다"라고도 말하면서, 읽기를 통한 자아 가꾸기며 즐거움 누리기가 필경 고독을 통해 얻을 수 있는 것임을 덧붙여 말하고 있다.

　여태 한 말을 요약하면 어떻게 될까?

　"읽기는 고독을 바탕 삼아 글이며 책과 대화함으로써 누리게 되는 쾌락이고 즐거움이다. 그러면서 읽는 사람 자신을 다듬고 가꾸는 일이기도 하다"라고 말할 수 있다.

　정말이다. 우리는 누구나 홀로 읽기를 하게 된다. 그것은 숲길을 산책하는 것과 같은 홀로 되기, 모차르트나 슈베르트의 선율에 깊이 잠길 때와 같은 홀로 되기와 비슷할 것이다. 아니면 믿어 마지않는 신이며 부처에게 기도를 드릴 때의 그 엄숙하고 경건한 홀로 되기와도 맞통해 있을 것이다.

　고독을 따돌리기만 해서는 안 된다. 피하고 도망가려고만 들어서도 안 된다. 혼자 있는 것이 언제나 외로움이 되는 것만은 아니다. 사람은 누구나 홀로 되었을 때 가장 진지하고 열중하게 된다. 누구나 가장 자신답게 되기도 한다. 그런 상태의 홀로 되기를 통해 우리는 읽기에 몰두하게 된다. 그로써 즐거움을 누리고 더 나아가서는 자기 자신을 새로이 만들어가게 된다. 읽기란 필경, 이 경지에서 우리를 황홀하게 만든다.

쓰기 · 짓기의 만만찮은 모습

우리는 혼자가 되었을 때 신천지를 발견하고 새로운 자아를 보고 길러내면서 글 읽기를 한다. 그것이야말로 읽기의 즐거움이다. 읽기의 쾌락원리다. 그런데 우리는 그처럼 글을 읽는 것과 겸해 쓰기도 한다. 짓기도 한다. 우리는 글을 읽고 쓰고 한다. 읽기와 쓰기, 그것은 글의 두 가지 모습이다. 으레 글을 읽다 보면 짓게 되고, 짓다 보면 읽게도 된다. 쓰거나 짓고 읽는 것은 별개가 아니다. 읽은 것을 발판 삼아 쓰게 되고, 스스로 쓴 것을 떠올리면서 남의 글을 읽게 되기도 한다. 글 읽기만큼 쓰기 또한 우리가 살아가는 데 요긴한 대목이다. 쓰기를 '짓기'라고 하는데 이것은 여간 중요한 말이 아니다. 짓기는 본래 건설과 창조의 뜻을 품고 있기 때문이다.

1) 글을 '짓는다'는 의미

우리말에서 '글'은 두 가지 뜻을 가지고 있다. 하나는 글자다. 글씨 또는 문자라고 해도 괜찮을 것이다. 한자니 로마자니 또는 알파벳이니 하는 것들이 그 보기다. 우리로서는 한글을 자랑스럽게 뽐낼 수 있다. 한자, 로마자 또는 알파벳과 비교해서 한글은 매우 젊은 셈이다. 인류 글의 역사로 볼 때 한글은 청춘에 속한다. 그래서 우리의 글은 싱그럽고 또 싱싱한 것일까? 그야 어떻든 한국인은 한글을 통해 더 두텁게 한국인이 된다.

글의 또 다른 뜻은 문장이다. 글자로 엮어져 일정한 내용과 생각을 담고 있는 것이 문장인데, 우리는 이것 또한 글이라고 말한다. 따라서 '글을 쓴다'고 하는 경우도 '문자 쓰기'와 '문장 쓰기' 두 가지를 모두 가리키게 된다. '보내 주신 글 잘 받았습니다'라고 할 때 그 글은 문장 또는 편지를 의미한다. 하지만 '이 글 참 예쁘게 썼다'고 하는 경우에 글은 문자, 글씨를 뜻한다.

그런데 글이 '문장'을 뜻할 때 우리는 '글을 쓴다'라고도 하지만 '글을 짓는다'라고도 한다. '쓰기'와 '짓기'가 다를 것이 없다. 이에 비해 말은 '짓는다'고 하지 않는다. 어쩌다가 말을 지어서 한다고 하면 그것은 욕이나 다름없다. 엉터리로 꾸며대고 둘러대면서 사실도 진실도 아닌 거짓을 토한다는 뜻이다. 하지만 글을 짓는다고 할 때는 다르다. 당당하고 떳떳하다. 생각을 구성하고 제작하는 것이 곧 글짓기이다.

창조한다고 보아도 과장은 아니다.

'짓는다'는 말은 몇 가지 뜻으로 쓰인다. '이름을 짓는다'고 하면 그 것은 곧 작명作名이다. 누군가 비로소 이름을 갖게 해주는 것이 이름 짓기다. 갓 태어난 아기에게 이름을 지어주는 것은 그가 이제 제구실 하는 생명체로서 남들과 다른 자기만의 징표를 가지게 되었음을 뜻한 다. 그래서 이름 짓기는 일종의 창작이다. 한 개인의 역사의 시작이기 도 할 것이다.

그런가 하면 '농사를 짓는다'고도 한다. 밭갈이며 논갈이를 해서 거 름을 주고 풀을 메고 마침내 수확을 얻는 것이 바로 농사짓기다. 아무 것도 없던 논밭에 비로소 농작물을 창조해내는 것이 농사짓기다. 한 편 우리는 '집을 짓는다'고도 한다. 아무것도 없는 맨땅에 비로소 집을 세우는 것이 집짓기다. 설계를 하고 기초를 닦고 기둥을 세우고 벽을 바르고 용마루며 지붕을 올리고 하는 건설 작업이 곧 집짓기다. 이것 역시 명백한 창조다.

우리는 이름을 짓고 농사를 짓고 집을 짓듯이 글을 짓는다. 그래서 또한 글짓기는 애초부터 창작이며 창조다. 글짓기란 뜻의 '작문作文'에 서 '작'을 '지을 작' 또는 '세울 작'이라고 읽는데, 이는 글짓기를 바르게 이해하는 데 도움을 줄 것이다.

우리는 그동안 앞의 여러 대목에서 줄곧 글 읽기를 다루어왔다. 읽 기의 마무리는 남의 글을 내 것으로 삼는 일이다. 사물과 사람, 세상에 눈뜨는 일이다. 그 세 가지가 모두 새로운 것이 되어 내 정신 속에 그리고 정서 속에 사무치게 된다. 그래서 우리는 새 사람이 된다. 그것이야말로 읽기의 종점이고 마지막 열매다. 그것은 결코 쉽기만 한 일은 아니다. 독서가 재미나고 신나기도 하지만 어렵고 힘겹기도 하다는 것은 그래서들 하는 말이다. 하지만 남의 글을 읽는 쪽 그만큼 우리는 우리 지식의 부피를 늘리고 우리 정서의 깊이를 더하게 된다. 읽는 사람 자신이 지금껏 없었던 경지의 새로운 사람이 되기도 할 것이다.

그러나 우리 스스로 글을 쓰거나 짓는 일은 더 힘겹고 어려울 것이다. 읽기는 남의 글과 나의 동화작용인데, 그것도 힘겨운 일이지만 쓰기나 짓기는 자신 스스로 세상과 사물과 사회를 자신의 것으로 개척하는 일이기 때문에 또 다른 방면으로 힘겨운 일이다.

그전 같으면 글을 쓰고 짓는 일은 붓이나 펜 또는 연필을 놀리는 일이었다. 그런데 요즘에 와서는 컴퓨터의 자판을 두드리고 스마트폰을 손가락으로 찍는 일이기도 하다. 하지만 어느 것이나 손놀림이고 손가락 놀림이라는 점에서는 같다.

앞에서도 말했듯이 우리는 글쓰기를 '작문作文'이라고도 한다. 각급 학교에서 작문 시간은 글짓기 시간이다. 작문이라는 말 자체를 유심히 들여다볼 필요가 있다. 작문의 '작'은 '작업作業' 할 때의 '작'이고 '공작工作' 할 때의 '작'이다. 무엇인가 이루어내고 거두어들이기 위해서 일하는 것이 곧 작업이다. 어떤 목적을 위해 일한다는 면에서는 공사나 공작도 작업과 크게 다를 것이 없다. 그래서도 '작'의 궁극은 '작성作成'이고 '제작製作'이다. 새로이 만들어내고 지어내는 것이 곧 작성이고 또 제작인데, 작문은 글을 가지고 뜻 깊은 것, 보람된 것을 작성하고 또 제작하는 것이 된다.

농사짓기에 견주어 말하면 글짓기는 글로써 새로운 무언가를 비로소 지어낸다는 뜻이 된다. 집짓기에 견주어 글짓기를 생각해보아도 역시 글쓰기는 새로운 것을 구성하고 창작하는 일이 될 것이다. 글쓰기를 실제로 공부하기 전에 먼저 이와 같은 글짓기의 큰 뜻을 헤아려보는 것이 좋을 것 같다.

2) 글쓰기의 '짓기'와 '짜기'

짧든 길든, 쉽게 쓰인 것이든 어렵게 쓰인 것이든 글은 창조다. 새로운 시작이다. 따라서 글 쓰고 짓기가 쉬운 일이기만 할 수는 없다. 고생이 따르는 만큼 애쓰기를 피할 수는 없다. '끙끙거림'은 글쓰기에서 불가피하다. 누구든 글쓰기가 오락가락함이고 헤매기인 것을 겪고 있을 것이다. 심지어 갈팡질팡하기도 하는 게 글짓기다. 이른바 시행착오, 곧 잘못을 저지르면서 이렁저렁 애쓰는 일은 글짓기에서 피할 수 없는 과정이다.

종이에 글을 쓰다 말고 또는 컴퓨터 파일에 글을 찍다 말고 짓고 지우고 하는 일은, 글짓기를 할 때 정해진 과정이다. 종이에 쓸 때는 몇 줄 쓰다 만 채로 확! 하니 짓찢어서 내동댕이치는 일도 있을 것이다. 그 내동댕이치기가 속 시원하다고 느끼기도 할 것이다. 그런 끝에 한숨 쉬고, 쉬고 하다가는 머리를 책상이나 탁자에 박은 채로 그만 잠들어버리기도 할 것이다. 글쓰기며 짓기는 그렇게 힘겹다.

그렇기 때문에 글짓기에 앞서 또는 지어가는 중에 머리를 짜게 된다. 짜고 또 짜지 않을 수 없다. 머리를 써서 생각을 가다듬어내고 엮어내고 하는 것을 '머리 짠다'고 한다. 글짓기는 머리 짜기를 통해 비로소 가능해진다. 머리를 기름 짜듯이 해야 한다.

'짠다'는 몇 가지 뜻을 갖추고 있다. 상투를 짜는가 하면 옷감을 짜고 베를 짜기도 한다. 아이들은 편을 짜고 어른들은 판을 짠다. 그런가 하면 사전에서 지적하듯이 '부분을 맞추어 통일된 전체를 꾸며 만들다'는 뜻을 가지고 있기도 하다. 그와는 조금 다르게 '묘안을 짜낸다'는 말이 일러주듯이 잘 떠오르지 않는 생각을 힘들여서 이끌어내는 것도 역시 짠다고 한다.

그러니 짜기는 조직하기고 편성하기다. 무언가를 꾸며내고 엮어내는 것도 짜기다. 글쓰기 또는 글짓기는 당연히 그런 뜻의 짜기다. 베 짜듯이, 판 짜듯이 생각을 짜내면서 글은 만들어진다.

그래서 글을 두고도 '짜임새'라는 말을 쓰게 된다. 구성이나 구조를 짬으로써 글은 이루어진다. 영어 중에 '컴포스compose'라는 단어는 '작문한다' 또는 '글을 쓴다'는 것을 의미하는데 그와 동시에 '구성한다' 혹은 '조직한다'라는 뜻을 가지고 있기도 하다. 명사인 '컴포지션composition'은 '사물의 조직'을 의미하면서 '글의 구성'을, 더 나아가서는 '글의 작성'을 의미하기도 한다.

이렇듯 한 편의 글은 짜맞추어야 한다. 여성들이 옷을 짜깁기하듯이 글도 짜는 것이다. 한 편의 글을 거시적인 구도로 보아서, 이를테면 크게 보아서 '도입 - 발전 - 정리' 또는 '서론 - 본론 - 결론'을 말할 때 그것이 바로 짜임새다. 그런데 미시적으로, 즉 작은 부분을 낱낱이 따져서 짜임새를 이야기해볼 수도 있다. 이때는 문장 하나마다 관계가 문제된다. '그런데', '그래서', '그러므로', '그러니까', '다르게는', '달리 말하자면', '고쳐보자면' 등등의 접속사가 문장과 문장 사이에 끼어들게 된다.

짜임새는 앞에서 뒤로, 선을 따라서만 짜지는 것은 아니다. 그것을 '줄 짜기'라고 할 수 있는데, 이러한 줄 짜기는 글쓰기에서 불가피하지만 그것만이 짜기의 전부가 될 수는 없다. 뒤에서 앞을 돌아보면서 문장과 문장의 관계를 살피게 되는 '뒤돌아보기'를 하게 되는가 하면, 한 편의 글 전체를 두고 뱅글뱅글 돌아치면서 살피게 되기도 한다. 이것은 '그물 엮기'라고 해도 좋을 것이다. 이런 게 모두 글의 짜기, 짜맞추기다.

3) 글쓰기와 거울 비추기

글을 쓴다고 하지만 펜으로 쓰거나 컴퓨터 자판을 눌러 글자를 찍고 있는 일만 일어나는 것은 아니다. 글을 쓸 때는 문자나 문장을 쓰는 일보다 월등히 힘겹고 어려운 일을 하게 된다. 물론 겉으로야 글쓰기가 곧 문자나 문장 쓰기와 같다는 것은 사실이지만 결코 그것만은 아니다. 글을 쓸 때 우리는 다른 것도 쓰고 있다.

글쓰기의 속을 들여다보면 '쓰는 사람 자신'을 쓰고 있다는 것이 강조될 필요가 있다. 우선 글에는 글 쓰는 이의 글을 대하는 태도나 마음가짐이 옮겨진다. 이를 글 쓰는 이의 '자기 투사投射'라고 말해도 좋을 것이다. 투사란 말 대신에 '투영投映'이란 말을 써도 좋을 것이다. 거울에 얼굴을 비추고 모습을 비추듯, 쓰고 있는 글에 글 쓰는 이가 자기 자신을 비추는 것이 곧 '글쓰기의 자기 투사'다. 자기 투영이다. 글에는 본인의 기본적인 세계관이며 인생관이 비치게 된다. 사고방식도 물론 글에 투영된다. 그래서 문체론이라는 학문분야에서는 '글은 사람'이라고 하는 것이다.

문체론에서는 글이 갖는 표현 방식, 글에서 생각이 갖추는 표현상의 특색을 문제 삼게 되는데, 문체론은 그러한 것들이 반드시 글 쓰는 이의 사람됨을 내비치기도 한다고 주장한다. 이처럼 글이 갖추는 또는 글에 비추어지는 사람됨에는 세계관, 인생관 그리고 사고방식만이 아니라 마음가짐이며 마음씨마저 끼어들기도 한다. 그뿐 아니라 감정이나 정서 등도 한몫을 차지하게 된다. 그러므로 글에는 글 쓰는 이의 내면세계가 고루 비추어지는데, 그 때문에 글이 거울에 견주어질 수 있는 것이다.

글을 쓰면서 글 쓰는 이는 글 안에 자기의 정신, 영혼 그리고 정서 등등을 갖추어 담게 된다. 그 모든 것을 고루 글에 비추게 된다. 글쓰기는 글이라는 거울에 글 쓰는 이 자신의 내면을 비추는 일을 겸하기도 한다.

3

살기, 쓰고 읽기, 공부하기

산다는 것은 무엇인가? 이 물음에 주어질 대답은 만만찮을 것 같다. 여러 가지, 여러 가닥으로 답이 갈라질 것 같다. 그런 중에도 '공부하기'라는 대답이 가장 큰 비중을 차지할 것 같다. 어떻게 살까? 무엇으로 살아야 하지? 그런 질문을 하게 될 때 공부가 내로라고 나설 게 아닌지 모르겠다. 우리가 살아가는 데 공부는 필수다. 학교 공부만이 아니다. 사회생활에서의 공부며 인생 공부도 포함해 생각해야 한다. 남들에게서 배우고 세상에서 공부하면서 우리는 삶을 꾸려가게 된다. 그러자니 쓰기와 짓기도 공부로서 단단히 한몫 거들고 나설 것이다.

1) 공부하기, 쓰고 읽기

사람이 산다는 것, 그것은 목숨 부지로 끝나는 것이 아니다. 단지 목숨을 부지하는 일은 벌레도 짐승도 능히 해낸다. 풀도 나무도 곧잘 감당해낸다. 사람으로 살자면 스스로를 다듬고 가꾸는 일이 무엇보다도 앞서야 한다. 자신을 만들고 창조해가야 한다. 우리 각자, 누구나 자기 자신의 창조주라야 비로소 사람다워진다.

'인간이란 그가 행하는 바의 것이다.'

앙드레 말로Andre Georges Malraux의 대표작 『인간의 조건』에 나오는 말이다. 1920년대 후반, 대립하는 정파 간의 분쟁과 전쟁에 휘말린 중국을 무대로 삼아, 혹은 자살하고 혹은 처형당하는 인물들의 비극을 그려낸 이 작품을 잘 표현해주는 말이다. 인간은 누구든지 자신이 하는 나름대로 자아의 처지며 운명을 만들어가는 것을 가리킨 말이지만, 이 말은 우리 누구나의 인생론과 겹친 인간론에 적용시켜도 괜찮을 것이다. 그렇다. 인간은 각자가 행하는 바를 따라 자기를 만들어가는 존재다.

그와 같은 인간의 자기 창조의 기틀로서 가장 중요하게 내세울 수 있는 것 중 하나는 다름 아니다. 세상을 알고 인간됨을 깨우치는 일이다. 그 앎, 그 깨우침만큼, 우리는 우리 각자를 만들어나가는 것인데 그게 넓은 의미의 '공부'다. 우리는 세상을 통해 공부하고 남들을 통해서도 공부한다. 세상을 읽고 남들을 배움으로써 공부하게 되는 것이다. 그게 바로 사는 것이고, 그래서 인생은 곧 배움이며 공부라고 할 수 있다.

'공부工夫'란 말은 알 듯 말 듯 참 성가시다. 공은 '장인 공', '벼슬아치 공', '교묘할 공' 등등 사전에서 매겨진 뜻으로는 '공부한다' 할 때의 공부와는 아무 상관도 없다. '지아비 부', '다스릴 부', '대저 부' 따위로 읽히는 '부' 역시 공부와는 사돈의 팔촌도 못 된다. 그러니 공부는 한자로 되어 있기는 해도, 순종 한국말이라고 생각해도 괜찮을 것 같다. 아무튼 '공부'라는 말은 학생이 글이며 책을 읽으면서 학습하는 것을 의미한다. 이웃나라 일본에서는 '구후工夫'라고 읽는 공부가 머리 짜서 생각한다든가, 연구한다든가 하는 것을 의미하는데, 이는 우리말 '공부'와 사촌쯤으로 가까운 의미를 가지고 있다.

그런데 위에서 말한 세상 공부와 인간 공부는 '글공부'며 '책 공부'와 짝을 짓게 된다. 글이며 책을 통해 배운 것으로 세상을 보게 되고 타인을 배우게 된다. 그런가 하면 세상과 타인들에게서 배운 것에 비추어 책이며 글을 읽게 되기도 한다. 그 결과로 글이며 책과 더불어 우리 인생을 만들어나간다.

일본인들이 매우 좋아하는 일본의 한 유명한 작가가 일찍이, '소설은 인생의 지도地圖다'라고 말한 것은 바로 이 때문이다. 소설만은 아닐 것이다. 모든 글이 그리고 모든 책이 어떤 의미에서든 인생의 지도가 될 것이다. 그 지도를 따라가면 삶은 구석구석 그 본색을 드러내 보일 것이다. 이렇기 때문에 소설 읽기만이 아니라 글 읽기, 책 읽기 역시

다름 아닌 바로 인생의 지도 읽기, 세상의 지도 읽기에 이바지하게 된
다. 그로써 읽기가, 그리고 공부와 배움이 삶의 보람이 된다.

읽기는 삶을 짚어내는 찾기다. 인생의 탐색 그 자체다. 이때 글짓기
며 쓰기가 읽기와 어깨동무하고 나설 것이다. 걸음을 함께하게 될 것
이다. 글을 지으면서 우리는 우리 자신을 짓는 것과 함께, 우리가 살아
가는 세상을 짓고 우리와 어울릴 타인들을 지어내기도 한다. 짓기는
농사짓기가 그렇고 집짓기가 그렇듯이 만들기고 이룩하기이며 창조
하기다.

결국, 읽기와 쓰기가 삶의 지표가 될 것이다. 그 둘이 어울려서 우
리의 공부가 농익어갈 것이다. 요컨대 공부는 읽기와 짓기를 두 날개
로 가진 거대한 새의 비행이 될 것이다.

2) 읽기와 쓰기, 그 근본적 구실

포탄砲彈으로 뚫은 듯 동그란 선창船窓으로
눈썹까지 부풀어 오른 수평水平이 엿보고,

하늘이 함폭 나려 앉아
크낙한 암탉처럼 품고 있다.

투명透明한 어족魚族이 행렬行列하는 위치에

훗하게 자리한 나의 위치여!

(정지용, 「해협海峽」 중)

이 시를 읽으면서 우리는 '투명한 어족'이 된다. 물고기의 눈망울로 물밑에 잠긴 선창 너머, 바다 속을 내다보게 된다. 읽는 우리가 절로 바다 밑을 헤엄치고 또 항해하게 된다. 그러면서 바다 밑의 세계를 직접 눈여겨보게 된다. 우리의 눈은 물고기의 눈이 된다.

이렇듯 읽기는 새삼 무엇인가에 대해서 눈뜨게 만들어준다. 읽기는 개안開眼이다. 그래서 읽기를 통해 세상이며 사물은 우리 인간에게 그 품을 열어놓게 될 것이다. 그러면서 읽기는 주어진 글이며 그 글에 담긴 현실과 동화하게 만든다. 읽기는 그 현실에 참여하는 것, 어울리는 것을 의미한다. 그래서 위의 시를 읽으면서는 우리 자신의 몫만큼의 바다를 누리게 되고 또 갖게 된다.

그래서 읽기는 소유가 된다. 조금 더 그럴싸하게 말하자면 읽기는 소유보다 더한 '향유享有'가 된다. 향락하면서 누려서 가지게 되는 것이다. 읽는 만큼 우리 각자는 인생과 세상과 사물의 모가치를 누리게 된다. 그래서 읽기는 소유라고 거듭 강조하게 된다. 읽는 꼭 그만큼 나 스스로의 세상을 갖게 된다고 해도 좋다.

우리는 자연도 세상도 사물도 보는 것만큼 누려서 가지게 된다. 내 눈 속에 드는 것은 무엇이든 나의 것이 된다. 본다는 것의 궁극은 그런 것이다. 그래서 또한 '눈뜬다' 그 한마디는 예삿말이 아니다. 한자로 개

안(開眼)이라고 해도 마찬가지다. 높다란 산봉우리에서 멀리 아래를 내다보는 것만큼, 문득 자연은 그리고 그 풍광은 나의 차지가 된다. 내 몫이 된다. 그러면서 무엇인가 남다른 새로운 것을 보게 되면, 보기는 마침내 창조가 된다. 보기는 만들기다.

이래서 눈으로 보는 일이 곧 창작하는 것이 되지만, 그것은 ‘읽기’라는 보기에서도 마찬가지다. 아니 더한층 알뜰해진다. 하지만 이토록 보람된 만큼 읽기는 힘겹다. 쓰기며 짓기도 힘겹다. 둘 다 쉬운 일은 아니다. 끙끙거려야 하고 기를 써야 한다. 고된 것을 참아내고 견뎌내야 한다.

사람이 살아가다가 갖게 되는 시간 중에서 가장 진지하며 으뜸으로 성실한 한때로 읽는 시간과 쓰는 시간을 꼽아야 할 것이다. 하긴 대충대충 넘길 수도 있을 것이다. 어리벙벙하게 넘어갈 수도 있을 것이다. 슬쩍슬쩍 지나갈 수도 있을 것이다. 그러나 그것은 결국 스스로 삶을 낭비하는 셈이 될 것이다. 시간을 공염불로 날려버리게 될 것이며 그것은 인생을 손해 보게 하는 것이다. 책을 휴지로 뭉개고 글을 쓰레기통에 쑤셔 박다 못해 마침내는 인생을 허탕치고 허송하는 꼴이 되고 말 것이다.

집중, 그것도 관심과 의식의 집중, 그리고 감성의 집중 없이는 우리는 스스로 세상과 사물과 다른 사람들에게서 우리를 외따로 돌아앉게 할 것이다. 그것을 ‘자기 소외’라고 해도 좋을 것이다. 마음을, 의식을 그리고 감성을 한 점에 붙박이로 죄어 붙이는 것이 집중이다. 정신이 그리고 감각이 한 곳에 엉겨 붙다시피 하는 것이 집중이다. 그것은 열중이자 열정이기도 한 것이다. 우리 삶의 성패, 곧 이룩하거나 잃는 결과는 집중하느냐 하지 않느냐에 달려 있다.

그런 집중이 가장 강조되어야 할 때가 곧 글을 읽고, 쓰거나 지을 때다. 읽고 쓰고 짓는 일은 반드시 집중하는 노동이 된다. 땀 흘려서 일하는 것과 마찬가지의 일이다. 책과 글에 외곬으로 마음을 붙박아야 한다. 세상 아무것도 없고 오직 책만이 있고 글만이 있다는 듯이 정신을 모아야 한다. 마음을 쏟아부어야 한다. 그러면서 정신과 감성이 노동하도록 해야 한다.

조형예술의 둘도 없는 거장巨匠 오귀스트 로댕Auguste Rodin은 예술 창작을 두고 '오직 노동하라!'고 했다. 읽기나 쓰기를 할 때마다 우리는 누구나 스스로에게 '노동하라!'고 다짐을 두어야 한다. 노동하듯이 읽을 때에만 집중이 될 것이다. 그런 만큼 힘겨운 한때가 다름 아닌 읽는 동안이고 쓰는 동안이다. 그러나 그 고난스러운 집중과 힘겨운 노동은 읽는 우리를 새록새록 되살아나게 한다. 새로운 지식, 새로운 인식, 새로운 감각이며 감성으로 열리는 시야를 가지고 새로 태어나게 한다. 읽고 쓰기를 통해 우리는 새사람이 된다. 신천지가 열리는 것이다.

이 책 한 권으로 이제부터 우리는 그 신생의 속내를 알아볼 수 있게 되기를 기대한다.

새로운 오늘날의
읽기 · 쓰기

사람은 읽으면서 살아간다.
'나는 읽는다. 고로 나는 존재한다.'
이 지경에서 우리는 살아가고 있다.

디지털 시대의 읽기와 쓰기

우리는 글이나 책만을 읽는 것은 아니다. 앞에서도 말한 바와 같이 우리나라 사람들은 남의 얼굴을 읽는다고 한다. 그뿐 아니다. 곧잘 남의 마음속을 읽는다고 말하기도 한다. 그래서 읽는 일은 무엇이든 이해하고 해석하는 일이 될 테지만, 읽기의 으뜸은 아무래도 책이며 글 읽기일 것이다.

그런데 오늘날 읽기는 무척 성가시고 복잡해졌다. 책이며 글을 펴놓고 들여다보고 있는 것은 이제 읽기의 일부에 지나지 않는다. 500년, 600년도 더 되게, 아니 1,000년도 더 되게 인류가 해온 그 오랜 읽기의 방식은 이제 묵은 것이 되고 만 듯하다. 시대가 달라지면서 읽기가 달라졌다. 이제는 종이책 읽기가 전부가 아니라 모두들 컴퓨터 파일을 읽고, 인터넷이며 이메일을 읽는다. 페이스북을 읽고 넷북을 읽고 트위터도 읽고 있다. 이들은 불과 10여 년 전만 해도 기척도 없던 별난 북들이다. 별난 책들이다.

이제는 클릭, 곧 마우스를 찍어 글을 읽고 스크롤, 즉 화면을 훑어가며 글을 읽고 있다. 참 다양해지고 복잡해졌다. 이들 '디지털 읽기'가 일상생활에서 차지하는 몫은 엄청나게 커지고 말았다. 사람에 따라서는 그런 디지털 읽기로 삶을 지탱해나가고 있는 이들도 있다. 그들은 새로운 독서광讀書狂들이다. '전자 독서광' 또는 'IT 독서광'들이다. 그 인구수가 1,000만 명을 넘어 3,000만 명을 넘는다는 스마트폰 사용자로 인해 읽기는 전혀 새로운 경지에서 열이 오르고 있다. 그것은 인류 역사에 일찍이 없었던, 예상도 못했던 읽기다. 그야말로 전대미문의 새로운 역사가 전개되고 있다.

구텐베르크 이후 활판 인쇄술로 찍어낸 책은 이제 숨이 죽어가고 있는 듯 보이기도 한다. 집게손가락 끝으로 책장을 넘겨 읽는 읽기는 이제 기가 꺾여 있다. 그 전성시대는 지나가고 말았다. 책장을 넘겨 읽기는 시대적인 낙오자 신세가 되고 만 것 같다. 그 대신 스크롤로 읽기가 크게 두각을 나타내고 있다. 수십이 넘을 페이지가 와락, 와락 한꺼번에 쏟아져 나온다. 줄줄이 이어서 꼬리를 문다. 그래서 그만 컴퓨터 파일에는 스크롤이 펼쳐진다.

'스크롤scroll'은 본래 무엇을 둘둘 만 것을 의미했다. 물론 둥글둥글 말아 올린다는 동사로도 사용되었다. 인류는 요즘 보는 책과 같은 형태의 것에만 글을 옮긴 것은 아니다. 종이 두루마리에다 글을 옮겨 적었다. 우리나라도 마찬가지다. 많은 기록물이 두루마리로 꾸며졌다. 편지도 소설도 가사문학도 한결같이 두루마리에 베꼈다. 종이를 둘둘 만 것이 곧 두루마리다.

스크롤은 정보를 전달하기 위해서 또는 장식품으로 쓰기 위해서 기록되거나 그려진 파피루스(얇은 나무종이), 양가죽, 종이 등의 두루마리다. 그것은 보통 두루마리와는 다르다. 종이 두루마리 같은 보통 두루마리와는 다르게 스크롤은 계속 반복해서 사용할 수 있게 되어 있다.

보통 스크롤에는 이런 의미가 매겨져 있다. 하지만 디지털 차원에서의 스크롤은 조금 더 설명을 덧붙여야 한다. 디지털 차원에서의 스크롤은 여러 페이지로 이루어지는데, 그 페이지들이 동일 파일 안에서 동시에 나타나게 된다. 여러 페이지가 한눈에 들어오도록 연달아 이어져 있다. 지금 당장 다루어지고 있는, 눈앞의 화면에 드러난 페이지의 양옆 또는 위아래에 다른 페이지가 나란히 함께 나타나기도 한다. 종이책 같으면 수십 페이지가 넘을 분량 또는 길이의 글이나 정보 또는 그림이 한순간, 한 공간에 나타나는 것이 디지털 차원에서의 스크롤이다.

그것을 우리는 집게손가락 끝으로 찍고 화면을 훑고 하면서 읽어나간다. '찍고 읽기'와 또 '훑어 읽기'를 하는 것이다. 단숨에, 단 눈결에 수많은 페이지의 정보 또는 그림을 보고 읽게 되어 있다. 이때 마우스

클릭이 읽기와 보조를 맞추게 된다. 눈앞에 드러난 페이지와 연결돼 있는 수많은 페이지를 마우스를 통해 넘겨가면서 읽게 되는데, 그런 읽기 역시 스크롤이라고 한다. 결국 우리는 스크롤을 스크롤하게 되는 셈이다.

오늘날 우리의 디지털 읽기는 시간과 공간을 초월하고 있다. '소셜 네트워크'를 통해 읽기를 하고 있다. 한순간에 먼 지구상의 사람들과 정보며 지식, 그림을 주고받을 수 있게 되었다. 읽기의 공간이 온 세계로 퍼져서 글로벌화한 것이다. 읽기가 통신이며 커뮤니케이션과 한순간에 이루어진다.

이토록 읽기가 달라졌다. 그렇다고 해서 종이책 읽기를 그만둘 수는 없다. 여전히 종이책은 종이책대로 읽으면서 스크롤 읽기를 해야 할 것이다. 디지털 읽기의 밑바닥에서, 그 기초에서 종이책은 읽기의 본보기를 보여줄 것이기 때문이다. 읽기의 고전으로서 생명을 유지할 것이기 때문이다.

읽기가 이 지경이다 보니 글짓기도 달라질 수밖에 없다. 이제는 글을 붓이나 펜 아니면 연필로 종이에 쓰거나 짓고 있는 게 아니다. 필기도구가 소용없게 되었다. 손가락이 필기도구라면 필기도구다. 손가락 끝으로 클릭하고 찍고 훑으면서 글을 작성한다. 그래서 글짓기에서 '글 쓴다'는 말이 통하지 않게 되었다. 붓이나 펜으로 종이에 글자를 적는 게 곧 쓰기인데, 그런 뜻의 글쓰기는 이제는 한물갔다. 지금 우리는 화면에 글자를 찍어서 인쇄하는 방식으로 글을 짓고 있다.

짓기는 이제 한순간에 읽기를 겸하게 되었다. 글짓기도 '찍기'가 된 것이지만, 바로 찍는 그 순간 즉 글을 짓는 그 순간 네트워크를 통해 다른 사람이 읽게 되는 것이다. 글짓기가 글을 주고받는 '통신'과 한순간에 이루어지기 때문이다.

앞에서도 말했듯이 이렇게 읽기와 짓기가 달라진 것은 인류 역사와 그 문화사에서의 일대 변화가 아닐 수 없다. 오늘날 우리는 읽기와 짓기의 새로운 역사 속에 살고 있다. 이는 구텐베르크 이후 일어난 일대 변화이고 개혁이다.

읽기가 달라지고 짓기가 달라지면서 인간존재가 달라지고 있다. 인간은 커뮤니케이션, 즉 소통하기 때문에 비로소 인간이라고 할 수 있는데 그 양상이 달라지면 그것은 곧 인간의 변화를 의미할 것이 당연하기 때문이다. 이제 인간도 디지털화하고 있을 것이다.

그래도 여전할 글 읽기의 기본

이래서 또한 우리는 무언가 달라진 것에 부닥치면 한층 더 정신을 차려야 한다. 새로운 변화에 일방적으로 홀리고 그저 말려들기만 하면 안 된다. 새것에 견주어 묵은 것의 자리와 의미가 다독거려져야 한다. 묵은 것은 새로운 것의 모태일지도 모르기 때문이다.

'책을 사흘만 읽지 않으면 눈에 버캐가 낀다.'

이 비슷한 말을 옛사람들은 속담 삼아서, 또 금언金言 삼아서 많이들 입에 올리곤 했다. 이 말은 여전히 오늘날도 우리의 격언으로 지켜져야 할 것이다.

종이책 읽기가 필경은 디지털 읽기의 기본이 될 것은 뻔하다. 종이책을 더 많이, 더 잘 읽는 사람이 디지털 읽기에도 능숙할 것은 불을 보듯 뻔하기 때문이다. 따라서 우리는 더욱 묵은 시절의 종이책 읽기에 새삼 마음을 기울여야 할 것이다. 그 읽기가 무엇이었고 그 구실은 어떠했는가를 거듭거듭 되살펴야 할 것 같다. 이 책의 도입부에서 따로 읽기에 대해 다룬 것을 참고삼아 종이책 읽기의 의미를 되살펴야 할 것이다.

'독서讀書'란 말, 그것은 뻔할 것 같으면서도 막상 그렇지만은 않다. 꽤나 다양하고 가지가지다.

낭독朗讀, 해독解讀, 다독多讀, 통독通讀, 숙독熟讀, 정독精讀, 남독濫讀.

이들은 모두 읽기를 하는 태도나 모양새를 일컫는 말이다. 마지막의 '남독', 곧 함부로 날림으로 읽는 것을 뺀 나머지 여섯은 모두 바람직한 읽기다. 읽기의 가짓수가 이처럼 일곱이나 된다는 것은 읽기가 꽤나 다양하다는 것을 알려주는 것일 테다. 책이나 글을 눈여겨 들여다보고 있다고 해서 모두 같은 읽기는 아니다. 제각각이다. 그런가 하면, '독讀' 자를 앞세운 말 가운데 흔하게 쓰이는 것만 골라보아도 여섯이나 된다.

독서讀書, 독경讀經, 독본讀本, 독자讀者, 독해讀解, 독파讀破.

두 가지 보기를 합해서 모두 열셋이나 되는 읽기의 종류들은 다 같이 읽기가 쉽지 않다는 것을 말해주고 있다.

함부로 마구잡이로 읽는 '남독'은 기차나 버스 속에서도 하지 말아야 한다. 많이 읽는 '다독'은 사양치 말아야 할 것이다. 앞뒤로 일관되게 읽어내는 '통독'은 꼼꼼히 읽는 '숙독'이나 '정독'과 함께 바람직한 읽기가 될 것이다. 이 가운데서 '다독'과 '통독' 그리고 '정독', 이들 셋은 '읽기의 세 가지 보람'으로 내세워도 좋을 것이다.

이처럼 읽기는 읽기대로 다양하다. 그것은 우리의 공부나 취미에서 는 물론이고 인생살이에서도 읽기가 요긴한 몫을 차지하며 큰 구실을 도맡고 있기 때문일 것이다. 그러기에 책이며 글 읽기에 관해서는 멋지고 뜻깊은 말들이 전해져 온다. '청경우독晴耕雨讀'이라는 멋진 말이 있다. 날씨가 맑아서 청명하면 밭을 갈고 비가 오면 글을 읽는다는 뜻이다. 그런가 하면 '주경야독晝耕夜讀'이라는 야무진 말도 있다. 낮에는 밭을 갈며 일하고 밤엔 책을 읽는다는 뜻이다.

청경우독이나 주경야독이나, 마찬가지로 옛 선비들이 인생을 살아가는 모습이다. 밭갈이는 목숨을 지탱하기 위한 필수적인 작업이고 노동이다. 농촌에서는 하지 않으면 안 될 일이다. 그것과 비오는 날 또는 밤에 하는 글 읽기가 짝을 짓고 있다. 생업에 바치는 밭갈이라는 노동과 짝지어 책 읽기라는, 머리며 정신을 위한 노동, 이 두 가지가 옛 선비들의 삶을 지탱하고 있었던 것이다.

조록조록 또는 차분차분 비 내리는 소리에 마음 적시면서 서안書案 앞에 앉아서 책 읽고 있는 모습. 사방이 어둠에 묻힌 속에 초롱불 켜진 서가書架 앞에서 글 읽고 있는 모습. 이들 모습은 너무나 정겹다. 부럽고도 그립다. 어느 것이나 옛날 선비의 가장 선비다운 모습이다. 여기서 우리는 글이며 책 읽기가 바로 목숨 부지를 위한 노동과 맞먹고 있다는 것을 거듭 놓치지 말아야 한다. 청경우독과 주경야독에서 바로 이 점을 오늘날의 우리는 되새겨야 한다.

이들 두 가지 말과 나란히 떠오르는 말이 있다. 그것은 '독서삼여讀書三餘'다. 억지로 풀면 '독서하는 세 가지 여가餘暇'쯤 될 것 같은 이 말에서 여가란 겨울과 밤과 비올 때를 가리킨다. 옛날 농촌의 선비들은 겨울 내내 농사 일이 없었다. 그래서 겨울에는 유유자적할 수 있었는데, 그 점은 밤이나 비 올 때나 비슷했다. 여가가 조금만 나도, 틈이 조금만 나도 오직 책이며 글 읽기에 골몰했던 선비의 마음이 '독서삼여'에 어려 있다.

독서에 관한 한자숙어는 이것으로 그치지 않는다. '독서삼도讀書三到'라는 말도 있다. 여기서 '삼도'의 '도到'는, '어떤 경지에 다다름'을 의미할 것 같은데, '구도口到', '안도眼到', '심도心到'를 삼도라고 하고 있다. 이 셋은 입은 꼭 다무는 것, 눈은 다만 책이나 글에 집중하는 것, 마음은 골똘히 읽기를 위해 가다듬는 것 등을 가리키고 있다. 요컨대 독서삼도는 일사불란하게 독서에 열중하라는 것이다.

독서삼여나 독서삼도에 덧붙여 '독서삼매讀書三昧'란 한자숙어도 곧잘 사용되고 있다. 독서삼매는 독서의 즐거움이며 책 읽기, 글 읽기의 보람이 최고조에 달한 경지를 가리킨다. 독서의 참맛을 일컫는 말 가운데서도 가장 감칠맛이 난다. 독서삼매 하면 책이 마음 깊이 사무치는 것이다. 책에 푹 빠지고는 엄청 재미 보는 것, 그것이 바로 독서삼매다. 옛 선비들은 곧잘 신선을 칭송했지만, 독서삼매하면서 그분들은 누구나 책 읽는 신선이 되었다. 그래서 다음과 같은 정경을 떠올리게 된다.

여기 한 사람이 고개 숙이고는 책에 눈을 박고 있다. 한참을 그러고 있다. 부처처럼 옴짝 않던 그가 문득 한 페이지의 끝에 시선을 멈추고 자신도 모르게, 손가락에 침을 묻혀 책장을 넘긴다. 이제 세상에 아무 것도 없다. 오직 책과 거기 박힌 시선이 있을 뿐이다. 심경은 우거진 숲속, 고요한 달밤의 늪과 같다. 그야말로 한 오리의 흔들림도 없다. 황홀한 도취다.

이런 경지 또한 독서삼매인데, 삼매는 불교에서 말하는 '사마디sa-mahdi'로서 마음을 외곬으로 집중시키는 것을 의미한다. 골똘하게 참선하는 사람의 심리 상태와 같아짐을 의미하기도 한다. 그러므로 독서삼매란 말은 책 읽기에 마음이 홀리고 또 쏠리는 걸 이른다. 넋을 잃는다는 뜻이다. 온 세상에 오직 책뿐인 경지에 빠지는 것이다. 그래서 우리의 읽기는 일편단심이 된다. 사랑하는 님을 대하듯 책을 대하는 마음이 된다.

그래서 독서삼매는 필경 '인생삼매人生三昧'가 된다. 삶을 뜻있게, 알차게 누리고 있다는 증표가 된다. 독서는 사람이 살아서 누리는 보람 가운데서도 가장 귀한 것 중 하나가 된다.

3

'독서삼절'의 궁극, 사물과 세상의 주인 되기

우리는 여기서 독서삼여와 독서삼도, 그리고 독서삼매를 통틀어서 '독서삼절讀書三絶'이라고 해도 좋을 것이다. 독서하는 태도로는 가장 절대적이고 빼어난 세 가지라고 말해도 괜찮을 것이다. 이 독서삼절은 읽기를 하는 사람이 어느 시대나 변함없이 섬기고 지켜야 할 것임은 말할 나위도 없다.

디지털 시대의 읽기며 스크롤 읽기에서도 여전히 이 독서삼절이 강조되고 기억되어야 할 것이다. 물론 스마트폰 읽기며 스크롤 읽기가 대체로 '정보 읽기'의 성격을 지니는 것은 사실이다. 정보란 으레 짤막하고 단순하기 마련이다. 실용성은 높지만 단편적이라는 점을 피할 수는 없다. 그런 정보에 길들어 통상적인 읽기를 하다 보면, 그리고 그런 읽기를 오래 계속하고 버릇이 되면, 머리가 단순해지고 생각 또한 단출해지기 마련이다. 그래서 오늘날 우리에게 읽기의 위기가 찾아오고 있을지도 모른다.

그럴수록 오늘날 우리는 디지털 읽기와 스크롤 읽기 또는 스마트폰 읽기에서도 정성을 다해 '독서삼절'을 지켜내야 할 것이다. 주경야독이나 청경우독 역시 오늘날의 읽기에서 강조되어야 함은 물론이다. 시대의 변화, 문화적 환경의 변화에도 불구하고 지켜야 할 것들이다.

위에서 말한 몇 가지 읽기 가운데 어느 읽기를 한다고 해도 그것은 좁게는 글 읽기고 책 읽기다. 그러나 글이며 책 읽기를 통해 우리는 넓게는 사물을 읽고 사람을 읽고 또 세상을 읽기도 한다. '독해讀解'라는 말의 궁극은 이 경지에 다다라야 한다.

읽기는 일차적으로는 눈으로 보기다. 보기가 곧 읽기가 되기도 한다. '신문을 본다', '잡지를 본다'고 하는가 하면 아예 '책을 본다'고도 한다. 이런 경우, 보기는 곧 읽기다. 그러나 보기는 눈으로 보는 데 그치지 않는다. 보기는 머리로 이해하고 마음으로 받아들이는 데까지 나아가기 마련이다. 그래서 읽기며 보기는 알기가 되고 이해하기가 된다. 가령, 누구나 알다시피 영어에서도 'I see'라고 할 때 그것은 '알았다'는 뜻이다.

우리는 눈으로만 아니라 마음으로도 읽는다. 우선은 눈으로 보고 읽을 것이다. 하지만 드디어는 마음으로 받아들이게 된다. 그것이 읽기다. 이 경지에서 읽기는 곧 알기가 된다. '알아본다'고 하고 '알아차린다'고 할 때 그것은 이해하고 인식했다는 뜻이다. 읽기는 급기야 이 지경에 다다라야 한다.

흔히들 '알았다'고 말하는 대신 '마음에 집히는 게 있다'고 하기도 한다. 여기서 '집히다' 대신 '지피다'라는 말을 써도 괜찮을 것이다. '신이 지피다'라는 말이 있다. '지피다'는 본래 인간이 신이나 신령과 통하게 되는 것을 의미한다. '신지핌'이나 '신들림', 이 둘은 같은 말인데, 인간과 신 또는 신령이 하나가 되는 것을 뜻한다. 신들림이나 신지핌이나 마찬가지다. 그래서 어느 대상을 마음으로 이해하게 되고 받아들이게 되는 것을 두고는 '마음에 지피다'라고들 말하는 것이다.

글이며 책 읽기는 결국은 '지핌'에 다다라야 한다. 사물이며 세계가 읽기를 통해 읽는 사람의 마음에 들어와서 영글어야 한다. '신들림'과 같은 경지로 '책들림', '글들림'을 하는 것이다. 신 기운을 타듯이 책 기운이며 글 기운을 타야 한다. 그래서 읽기를 통해 사물과 세상이 내 것이 되게 하는 것이다. 읽기는 차지하기고 얻기다. 내가 책과 글을 통해 사물과 세상의 임자가 되는 것이 읽기다. 그래서 읽기는 필경 소유가 된다. 사물과 세상을 내 몫으로 차지하는 것이다. 그것은 우리가 살아가는 마지막 목표의 하나다.

읽기와 텍스트 그리고 책

사물과 세계에 대한 이해
나아가 드디어는 사물과 세계와 하나 되어
사물과 세계를 차지하게 되는 것,
읽기의 궁극.

읽기의 역사, 무엇을 어떻게 읽어왔나?

시대가 달라지면 읽기도 달라진다

어제 다르고 오늘 다른 것이 읽기의 모습

1) 고전주의에서 낭만주의까지: 규범에서 영혼으로

읽기에도 역사가 있다. 시대를 따라 읽기가 달라진 것이다. 하긴 겉보기야 하등 달라진 게 없을 것이다. 누군가가 책에 눈 박고 앉아 있는 그 모습이야 예나 지금이나 마찬가지다. 하지만 그 속내는 같을 수 없다. 가령 같은 책이라도 그것에서 무엇을 어떻게 읽고 있는가 하는 것은 시대를 넘어 같을 수는 없다. 수박 겉핥기가 아닌 바에야 절대로 같을 수는 없다.

가령 옛 선비들이 사서삼경四書三經 등 중국의 경전이나 고전을 읽는다고 치자. 그것도 증자曾子가 하루에 세 가지를 두고 자신을 돌아본다고 한 대목을 읽는다 치자.

남과 일을 함께 하고서 충실했던가? 친구에게 믿음을 다했던가? 배운 바를 실천했던가?

증자가 이와 같이 자신 스스로에게 따지고 든 대목은 그대로 우리에게 주어지는 가르침이다. 이미 정해져 있는, 이미 높은 값이 매겨져 있는 증자의 이 말은, 읽는 사람이 읽는 그대로 받아들이게 된다. 따지고 캐고 이의를 달고 할 필요가 없다. 비판한다는 것은 어림도 없다. 그저 무턱대고 고분고분 받아들이게끔 된다. 이 점은 가령 '논어論語'에서 공자의 말을 읽을 때도 마찬가지다.

배워서 때때로 익히면 기쁘지 아니한가. 벗이 있어서 멀리서 오면 즐겁지 아니한가. 남들이 알아주지 않아도 화내지 않으면 이 또한 군자가 아닌가.

이 또한 읽는 그대로 무조건 받아들여진다. 혹은 모셔 받들게 된다. 옛 어른들 같으면 '공자의 말'이라고 하지 않는다. 반드시 '공자의 말씀' 또는 '공자께서 말씀하시기를……'이라고 존댓말을 하게 된다. 그것은 그야말로 존중해 마땅한 선현先賢의 말씀이고 귀한 스승의 가르침이기 때문이다. 이런 것이 바로 고전古典 읽기다. 고전주의적인 읽기라고 해도 괜찮을 것이다.

고전은 이미 정해진 규범으로서 굳어져 있다. 확고부동이다. 영어로는 고전을 '클래식classic'이라고 하는데, 이 말은 워낙 제일급 또는 최상급 등을 의미하면서 모범적이거나 규범적인 것을 의미하기도 한다. 유럽의 경우 중세의 르네상스 시대에서 돌이켜본 고대 그리스와 로마의 예술과 학문을 가리키기도 했다. 르네상스 시대의 서구 지성인들에게 아리스토텔레스나 플라톤은 동양의 공자와 다를 바 없었다.

한편 고전의 '전典'은 '책 전'이라고도 읽지만 '법 전'이라고도 읽는다. 이럴 때 법은 '법률'이라는 뜻보다는 '법칙'의 뜻에 더 가깝다. '마땅히 이렇게 저렇게 하는 법'이라는 의미의 법과 고전의 전은 의미가 닿아 있다. 그래서 또 '전범典範'이라는 말은 '모범'과 뜻이 거의 같아진다. 그리고 '전적典籍'이라면 '사람들이 모범으로 받아들일 가르침으로 가득한 책'을 의미하게 되거니와 고전이라는 말에서는 이 점이 특히 강조되고 있다. 어김없이 받들고 섬기고 해야 하는 것이 곧 '전적'이고 또 '고전'이다.

그런데 유럽에서는 르네상스 시대가 가고 근세의 낭만주의가 고개를 들면서 문학작품이나 예술 작품의 가치가 달라지고 만다. 조화, 통일, 균형, 명석함, 이성 등등 고전주의 시대의 키워드가 더는 힘을 못 쓰게 된다. 그 대신 자유로움, 개성, 열정, 상상, 다채로움 등이 낭만주의의 키워드가 되고 구호가 된다. 정신보다는 영혼, 머리보다는 가슴에, 이성보다는 감성이며 감정에 기댄 상상력에 더 치중한 것이 낭만주의다.

낭만주의를 의미하는 '로맨티시즘Romanticism'에서 'romantic'은 본디

부터 뭔가 신기하고 경이로운 것을 가리킨 말이다. 그래서 낭만주의는 현실을 넘어선 공상의 세계, 꿈의 세계를 동경하게 된 것이다. 그러면서 반사적으로 영혼이라는 이름의 인간 내면, 강한 개성 등을 존중하게 되기도 했다.

어두운 밤이여
그대 또한 사람다운 마음을
가졌는가.
눈에 보이지 않고 힘차게
내 영혼을 흔들어댈 무엇을
그대는 그대 외투 안에 간직하고 있는가.

저 머나먼 곳의
빛나는 별들보다도
밤이 우리의 마음속에 눈뜨게 한
저 한없는 눈이 더 거룩하게 생각된다.
속마음의 눈은 저 무수한 별무리의 창백함보다
더 멀리 본다.
빛을 필요로 하지 않고
마음의 눈은
사랑하는 심정의 깊은 곳을 투시하며

이루 다 말할 수 없는 기쁨으로

고귀한 공간을 채우는 것을 꿰뚫어 본다.

　독일 낭만주의의 꽃인 노발리스Novalis는 「밤의 찬가」에서 이같이 노래하고 있다. 밤이라서 어둠 속이라서 비로소 눈뜨는 마음의 눈, 그것은 별빛보다 더 멀리 더 깊이 어둠 속이며 그 너머를 내다본다. 어둠에 사무쳐서는 어둠의 속내를 들여다본다. 밝음과 달리 어둠이, 낮과 다르게 밤이 노발리스라는 시인으로 하여금 이처럼 마음의 눈을 뜨게 한 것이다.

　어둠은 신비가 되고 피안이 된다. 영혼들을 위한 둥지가 된다. 노발리스의 또 다른 대표작인 소설 『푸른 꽃』에 나오는 ‘푸른 꽃’도 그렇게 신비의 뜰, 피안의 뜰에 피어나는 꽃, 그래서 결국은 시인의 가슴에 피는 꽃이다.

　「밤의 찬가」나 『푸른 꽃』에서 중요한 것은 시인의 인간다운 속마음이다. 신비로운 혼령이다. 살아 있는 넋이다. 그렇기에 그런 작품을 읽는 사람은 시인의 마음속에 사무쳐 들어야 한다. 내심과 내심의 공감이 시인과 독자 사이에서 농익어야 한다. 여기서 낭만주의적인 읽기의 궁극을 보게 된다. 그것은 영혼과 영혼의 공명共鳴, 가슴과 가슴의 공감이다. 읽는 이의 마음과 가슴이 시인의 그것과 함께 울렁대야 한다. 용솟음쳐야 한다.

2) 사실주의에서 기호론의 시대까지: 현실에서 말로

그런데 또 한 번 시대가 달라지면서 읽기는 작가의 내심에서 바깥 세계로 나오게 된다. 예술과 문학은 인간의 내면세계에서 현실 세계, 객관적인 세계로 시선을 던지게 된다. 그 결과 이상이나 상상 또는 이념 등에는 등을 돌리고 오직 '현실 그대로', '자연 그대로'를 존중하게 된다. 이렇게 해서 이른바 사실주의가 예술과 문학의 역사에 등장한다. 사실주의에 겹쳐 자연주의도 빛을 보게 된다.

사실주의의 이념을 아주 간략하게 얘기하면 '있는 그대로, 보는 그대로'다. 현실을 실제 있는 그대로, 보이는 대로 예술 작품에 옮겨놓는 것을 중시한다. 예술 작품은 흔히 거울에 견주기도 한다.

역사적으로 사실주의는 흔히 부르주아라고 일컬어지는 시민 위주의 사회 형성과 짝을 짓고 있다. 사실주의는 모처럼 봉건제도에서 해방되고 귀족들의 권세에서 풀려나 사회의 주도적 계층을 이룩하게 된 평범한 일반 시민이 현실 사회 속에서 겪는 일들과 그 자취를 그려내는 것을 표방한다. 그래서 사실주의의 대표자 격인 프랑스의 작가 오노레 드 발자크Honore de Balzac가 그의 초라한 셋방, 3층인가 싶은 제법 높다란 집 꼭대기의 지붕 밑방에서 파리 시내를 내려다보곤 한 것이 그의 창작에 영향을 끼쳤다는 일화는 상당한 의미를 가지게 된다.

그의 대표작으로 일컬어지는 『고리오 영감』은 고리오가 쪽방 같은 하숙방에 살면서 가난에 쪼들리다가 끝내 비참하게 삶을 마감하는 과

정을 그렸다. 거기에는 당시 서민이 부닥치게 되어 있는 현실 사회의 모습이 모사되어 있다.

이와 같은 사실주의 문학에서 독자들은 거기에 비춘 사회 현실이나 역사적 현실을 읽게 된다. 사회 현실이 인간 생활에서 어떤 것인지 눈여겨보게 된다. 주인공인 한 시민의 삶에 영향을 미친 사회와 역사의 현실을 읽는 것이다.

이 점은 기 드 모파상Guy de Maupassant의 『여자의 일생』이나 귀스타브 플로베르Gustave Flaubert의 『보바리 부인』에서도 크게 다를 바 없다. 독자들은 이들의 작품에서 인물이 겪어나가는 역사적 현실 또는 사회적 현실을 목격하게 된다. 작품이 탄생한 당시의 사회적 현실이 크게 부각된다. 이런 경향은 이른바 '사회주의 리얼리즘'에서 더한층 강화되어 나타난다. 독자들은 작품이 거울처럼 비춰내는 사회 현실에 시선을 쏟게 된다. 그러나 20세기의 중반에 들어서면서 읽기의 역사에 또 다른 변화가 움튼다.

고전주의적으로 이미 정해져서 굳어 있는 규범을 읽거나, 낭만주의 시대에 들어서서 작가, 특히 시인의 영혼이며 내심을 읽거나 아니면 리얼리즘에서 사회 현실을 읽거나 간에, 거기엔 공통점이 있다. 이들 세 가지 읽기에서 독자들은 작품을 통과해 무엇인가 다른 것을 읽게 된다는 점이다. 가령 우리가 거울을 들여다볼 때 거울에 비추어진 영상, 즉 이미지를 보는 것이지 거울 자체를 보는 것은 아니다. 그런데 지난 세기 중반을 넘어서면서 여기에 변화가 생겨난다. 작품은 이제 더는 거울이 아니게 되었다. '작품 자체'가 읽기의 대상이 된 것이다. 즉 작품의 꾸밈새며 조직이 읽는 사람의 주된 관심의 대상이 된 것이다.

이는 가령, 우리가 아름다운 건축물 앞에 섰을 때 우선 그 내부가 어떻고 건축가가 어떻고 건축물이 시대상을 어떻게 반영하고 등등을 따지기에 앞서 우선 그 겉모양새에 압도당하는 것에 견줄 수 있다. 회화나 조각 등의 미술 작품을 대할 때도 마찬가지다. 예를 들어 르네상스 미술의 거장, 레오나르도 다 빈치Leonardo da Vinci의 〈모나리자〉, 즉 〈라 조콘다La Gioconda〉라고도 하는 이 초상화를 볼 때, 우리는 우선 화폭에 그려진 여인의 신비한 아름다움에 반하고 만다. 작가며 시대, 사회적 배경이고 하는 것은 관심의 대상이 못 된다.

또 하나의 보기를 들 수 있다. 우리가 유럽 여행을 갔는데 마침내 발걸음이 르네상스 문화의 정수인 이탈리아, 피렌체에 다다랐다고 치자. 역 광장을 나와 시내 중심가를 조금만 걸어 올라가면 두오모 광장에 다다른다. 순간 여행객의 눈을 사로잡는 '산타 마리아 피오레' 대성당의 모습이라니!

'꽃의 성모 교회'라는 성당의 별명이 말해주듯 여행객은 우선 그 외모에 압도당한다. 그것은 위대한, 거대한 조각 작품이다. 갓 떠오르는 태양과 같은 거대한 반원형 지붕이 눈부시다. 꼭대기의 뾰족탑과 바로 그 아래의 돔, 그것을 떠받친 드럼 등으로 3층 구조를 이루고 있는 지붕은 그 자체가 이미 천상 세계를 엿보게 해준다. 그 3층의 짜임새가 아름다움의 극치를 이루고 있다.

건물의 내부를 따지기에 앞서 이미 그 겉모양이 보는 이의 시선과 관심을 온통 사로잡게 된다. '꽃의 성모 교회'라는 별명이 일러주는 바가 크다. 우리가 꽃을 감상할 때 다른 것을 다 젖혀놓고 우선 그 겉모양새에 홀리고 마는 것처럼 '산타 마리아 피오레' 대성당을 보는 시선도 이와 다를 바 없다.

20세기 후반에 들어서서 새로이 나타난 문학작품 읽기는 이와 비슷하다. 보는 이의 관심이 두오모 성당 지붕의 3층 조직에 쏠리듯이, 읽는 이의 관심이 작품의 주제, 작가의 개성, 그 시대적 배경 등을 젖혀놓고 문학작품의 조직이며 짜임새 그 자체에 쏠리게 된 것이다. 작품은 언어적 조직이요, 말로 된 구조물이라는 점이 크게 부각된 것이다.

중, 중, 때때 중,
우리 애기 까까 머리

삼월 삼질 날,
질나라비, 훨, 훨,
제비 새끼, 훨, 훨,

쑥 뜯어다가
개피 떡 만들어.

호, 호, 잠들여 놓고

냥, 냥, 잘도 먹었다.

쿵, 쿵, 때때 꿍

우리 애기 상제로 사갑소.

(정지용, 「삼월 삼질 날」)

이 시는 우선 읽어서 재미있다. 손뼉을 치고 싶어지기도 할 것이다. 그 내용, 그 주제, 그 의미 같은 것을 따지고 들 게 없다. 소리 내는 대로 흥겹다. 말의 재미, 소리의 멋에 장단 맞추게 된다. 그러한 면은 다음에서 보는 같은 시인의 시에서도 거듭 확인할 수 있다.

오리 모가지는

호수를 감는다.

오리 모가지는

자꾸 간지러워

(정지용, 「호수 2」)

이 시를 읽으면서 의미를 묻고 내용을 따지는 것은 어울리지 않는다. 그저 읽는 재미가 읽는 족족, 솔솔 나는 것으로 충분하다.

이처럼 언어 조직 또는 언어의 구조로서 시가 읽히게 되면서 '텍스트text'란 말이 큰 중요성을 지니게 되었다. 이 경우 텍스트는 종래에 흔히 그랬듯 교재나 문서, 아니면 문헌 등을 의미하는 것이 아니다. 이때의 텍스트는 특수한 언어 조직체, 특수한 구성을 가진 언어 표현 등을 의미한다. 이것은 가령, '텍스타일textile'이라는 낱말이 옷감이나 베를 의미하면서도, 그런 옷감 또는 베의 짜임새를 의미하기도 한다는 것을 연상케 할 것이다.

우리가 미술 작품이 될 만큼 아름답게 짜인 베 가운데서도 이른바 태피스트리tapestry를 감상한다고 해보자. 이때 태피스트리의 용도를 묻지 않고 순연히 하나의 회화 작품을 보듯 그것의 짜임새 자체만을 문제 삼는 것을 떠올린다면, 여기서 말하는 '텍스트'의 개념에 다가갈 수 있을 것이다.

이처럼 작품 자체의 짜임새가 문제되면서 '기호'라든가, '텍스트'라는 말이 큰 중요성을 가지게 되었다. '기호'는 '부호'와는 다르다. 무엇이든 지시하고 의미하는 구실을 하게 되면 그것은 모두 '기호'다. 문장이든 책이든, 사람 몸짓이나 표정이든 아니면 자연현상이든 상관없다. 세상은 우리가 읽고 보기에 따라 온통 기호로 넘쳐나는 셈이다.

비가 와서 우울함을 느끼는 순간, 비는 기호가 된다. 좋아하던 누군가에게 받은 붉은 장미 때문에 사랑의 정념이 타오르면 장미 송이는 바로 기호가 된다. 입학시험을 치르러 가는 첫 새벽, 동터 오르는 예명叡明이 희망을 부풀려주었다면, 그 갓밝이는 기호가 된다.

문학 이론에서는 미국의 이른바 신비평 이후, 철학이나 심리학에서는 '기호론'의 대두 이후 기호 자체 또는 텍스트 자체가 읽기의 주요 대상으로 떠올랐고, 그 점은 형식주의를 뒤이은 구조주의에서 더욱더 강조되었으며 그와 같은 전통은 지금도 이어지고 있다.

3) 정보화 시대의 읽기

21세기의 오늘, 바야흐로 읽기, 쓰기가 달라지고 말았다. 그것은 인류에게 새로운 문화사가 이룩되고 있다는 것을 말해준다. 문화가 달라진 것이다. 또 그만큼 세계가 달라지기도 한 것이다.

이제는 옛날이 되고 만 아날로그 시대에서 읽기는 일방적으로 종이에 인쇄되거나 적힌 글을 읽는 것이었다. 쓰기나 짓기 역시 종이에 펜이나 붓으로 하기 마련이었다. 그러나 디지털 시대에 들어선 오늘, 읽기도 쓰기도 변화하고 말았다. 그것은 15세기 구텐베르크에 의해 신기원이 마련된 활자 인쇄술의 역사를 다시금 또 바꾸고 새롭게 하는 결과를 낳았다. 더 나아가 인류 문화가 달라지게 하고 말았다. 컴퓨터만이 아니다. 스마트폰 따위의 모바일 또한 읽기며 쓰기에서 20세기 후반까지만 해도 예상하지 못했던 새로운 세계를 열어놓고 있다.

인터넷 사이트, 웹 사이트, 트위터, 포털 사이트 등등에서 오늘날 우리는 읽고 쓰기를 하고 있다. 그것들은 손가락 끝으로 조종하는 인쇄 기계나 공장이다. 그러면서도 그것들은 커뮤니케이션이란 말이 적용될 온갖 기능을 포괄하고 있다.

앞에서 들어 보인 대로, 인터넷에서 포털까지의 그 모든 것은 한 시대 전만 해도 인쇄소가 할 일과 함께 우체국과 통신소가 할 일, 영화관이 할 일들을 한 몸으로 도맡아내고 있다. 쇼핑센터가 되고 백화점이 되고 있다. 오디오와 비디오에 타이프라이터며 전화까지 겸해진 성능을 단숨에, 동일 공간에서 해내고 있다. 정보의 송신도 쌍방향으로 동시에 이루어지고 있다. 문자 그대로 '글로벌 소셜리제이션Global socialization'이 현실이 되고 있다. 온 지구가 한 덩치의 공동체가 되고 하나의 사회가 되어 있다.

메시지가 전해지고 정보가 알려지는가 하면, 동영상이 뜨고 음향효과가 난다. 다운로드만 받으면 컴퓨터는 순식간에 일상생활이며 경제생활을 위한, 또 오락과 취미를 위한 백과사전이 된다. 팔방미인이 된다. 그러자니 읽기와 쓰기가 달라질 수밖에 없다. 읽기며 쓰기의 역사에서 신기원이 그어지고 있다. 디지털의 읽기와 쓰기를 제대로 못 하는 사람은 이제 별 수 없이, 문맹文盲이 되고 까막눈이 될 수밖에 없다.

그런데 이렇게 경탄하고 칭송하고만 있을 수는 없다. 크게 통틀어서 디지털 커뮤니케이션이라고 할 만한 것의 부작용도 문제 삼지 않을 수가 없다. 세 가지가 지적될 수 있을 것 같다.

첫째는 앞의 절에서 다룬 '스크롤'과 관련된 문제점을 꼽을 수 있다. 줄줄이 전개되는 파일의 화면, 마치 큰 강물이 흐르듯 펼쳐지는 화면은 상하의 이동이 자유롭다. 동시에 다수의 페이지가 순식간에 연속

해서 떠오른다. 그러자니 읽기가 급해지고 빨라지게 된다. 심한 경우 날치기 읽기를 하게 되기도 한다. 집게손가락 끝에 침을 묻혀 한 장 한 장 넘기던 책의 페이지는 디지털 읽기에는 없다. 클릭으로, 손가락 끝의 가벼운 훑기로, 살짝살짝 찍기로 페이지들이 한순간에 줄지어 번쩍대면서 나타난다. 한 눈길로 후딱후딱 훑어 읽기를 하게 된다. 이와 같은 속독은 읽기의 집중력을 떨어뜨리게 될 것이다. 후다닥! 스쳐가듯 읽게 될 것이다. 깊은 이해나 해석을 피해가게 되기도 할 것이다. 지난 시절 가장 나쁜 읽기로 몰아세워진 날림 읽기, 남독濫讀이 되고 말 것이다.

둘째는 전달되고 읽히는 대상이 주로 정보라는 점에서 문제가 생긴다. 오늘날을 정보화 시대라고도 한다. 컴퓨터와 모바일이 앞장을 서고 있는 것은 의심할 여지가 없다. 정보 홍수의 시대, 온 사회에 각종 광고며 선전, 홍보며 통신으로 정보가 넘쳐난다. 종래는 신문이나 방송이 정보 전달의 으뜸가는 주체였는데 오늘날에는 어디까지나 전자 매체가 단연코 월등한 역할을 맡아내고 있다. 오늘날은 전자 정보 시대고 IT 정보 시대다.

정보는 메시지가 그렇듯 대개가 단문短文이거나 불과 몇 안 되는 문장으로 이루어져 있다. 제법 길다고 해도 줄여놓고 보면 내용이나 주제가 단문과 마찬가지다. 그런 정보가 원체 크게 나부대다 보니 정보의 수사학이 크게 눈에 띈다. 정보를 이루는 문장의 짜임새며 꾸밈새가 돋보인다. 문장이 시처럼 운율을 갖추고 멋을 부리는가 하면, 대조

법이 본때를 보이기도 한다. 그런 수사가 있어도 길이가 워낙 짧다 보니, 정보 읽기에서는 생각이나 사고의 깊이, 무게가 들어설 틈이 없다. 이로 인해 생각이 경솔해질 수도 있고 급기야 성격에도 영향을 끼칠 수 있다. 그뿐 아니라 세상 살아가는 방식에 영향을 미칠 수도 있다. 무슨 생각이든 일이든 후다닥 해치우는 '인스턴트 인생'이 판을 치게 될지도 모른다. 정서가 메마르고 감정이 무뚝뚝해지는 부작용도 따를 것이다. 이는 급기야 사회며 문화 전체에 걸쳐 바람직하지 못한 부작용을 낳게 될 것이다.

이들 디지털 커뮤니케이션의 부작용은 서로 겹치기 마련이다. 이것들은 서로 상승작용하게 되어 있어 급기야는 이런 디지털 읽기가 사람의 인격이며 정서에도 영향을 미치게 될지 모른다. 그래서 '디지털 인간형'이라고 이름 지을 만한 것이 문제로 다가올 날이 머지않아 찾아올지도 모르겠다. 이 점 십분 경계해야 할 것이다. 특히 자식을 교육할 때는 한층 더 경계해야 할 것이다. 그럴 때, 아날로그 식의 읽기며 쓰기가 새삼 그리워질지도 모를 일이다.

그런데 셋째가 또 있다. 그것은 컴퓨터를 할 때도 스마트폰을 사용할 때도 필경은 혼자라는 사실과 관련되어 있다. 여기에는 묘한 아이러니가 작용한다. '대중 속의 고독', 또는 '군중 속의 소외'라고 부를 만한 것인데, 상호 간에 커뮤니케이션이 이루어지는데도 개인 각자는 끝내 혼자이기 마련이라는 점이다. 컴퓨터와 스마트폰을 통해 글로벌 소셜리제이션을 이루고 지역과 국경을 넘어 타인과 교신하면서 스스

로 지구인, 세계인이 되고 있는 것은 의심할 바 없는 사실이다. 사람들은 컴퓨터며 스마트폰 속에서 무언가를 주고받으며 타인들과 어울리고 있다. 그런데도 각자는 끝내 혼자다. 전파를 탄 교신은 있지만 인격이며 인품이 마주치는 대화가 없다. 참된 대화에서 오고 가듯 말을 타고 가슴이며 인성이 오고 가야 할 텐데, 그것이 없다.

이런 이유로 이메일이며 스마트폰을 통해 이루어지는 통신은 '교신하는 고독', '통신하는 소외'라고 할 수밖에 없다. 이 점은 앞으로 더 심화될지도 모른다. 가령 머지않아 '스마트 TV'가 안방을 차지할 모습을 생각해보자.

기존 TV는 선명하고 화려한 색감의 영상을 구현하면서 그 앞에 앉은 수동적 시청자들에게 일방적으로 정보를 제공했다. 반면 스마트 TV는 유연한 플랫폼을 바탕으로 인터넷과 TV용 앱으로 무장, 쌍방향 정보 소통을 구현한다.

한림대학교 고재현 교수가 신문 칼럼에서 이처럼 멋지게 지적해 보이는, 스마트 TV가 그것의 '쌍방향 정보 소통'을 크게 능률화하면 할수록 반사적으로 '쌍방향 소통의 고독'은 더욱더 심화해나갈 것 같다. 결국 스마트 TV의 쌍방향성이 거꾸로 인간 존재를 더한층 심하게 나 홀로의 궁지로 몰아붙일지도 모른다. 이런 점은 여간한 역설이 아니다.

2

기호와 텍스트

세상은 기호투성이,

텍스트 또한 넘쳐나고

그래서 우리의 읽기는

기호와 텍스트에 쏠리니

1) 기호로 넘쳐나는 세상에서 기호 읽기

국어사전에서 기호라는 말은 쉽고 간단하게 풀이되어 있다. '무슨 뜻을 나타내기 위하여 적는 부호, 문자, 표시 따위의 총칭'이라고 요약되어 있다. 하지만 언어학에서, 문학에서 또는 심리학에서 '기호론'이라는 학문 분야가 마련되면서 기호는 무척 다양해지고 까다로운 개념이 되고 말았다. 또 복잡해지기도 했다.

기본적으로는 무엇인가 가리키거나 의미하는 것이 있고, 그와 아울러서 가리켜지고 의미되는 것이 있다면 기호는 제 몫을 하게 되어 있다. 전자를 프랑스 말로는 '시니피앙signifiant', 영어로는 '시그니파이어signifier'라고 하고 후자는 각각 '시니피에signifié' 또는 '시그니파이드

signified'라고 하는데, 이 양자가 곧 기호를 형성하게 된다. 어느 것을 두고 무엇인가 눈치 채거나 알아듣고 알아차리게 되면 거기서 기호 활동이 이루어진 것이다. 그러므로 언어뿐 아니라 손짓, 눈짓도 기호다.

"가위 바위 보!"

"야, 내가 이겼다!"

이런 상황에서 손가락, 손바닥, 주먹 모두 기호다. 누군가가 팔을 위로 뻗고는 손바닥을 아래쪽으로 해서 흔들면 상대방은 그에게 다가갈 것이다. 이와 달리 손바닥을 위로 해서 손을 흔들면 강아지가 뛰어올 것이다. 이런 것이 모두 기호다. 누군가가 늦여름의 산들바람에 이미 가을이 다가오고 있음을 느꼈다면 그에게 바람은 기호다. 우리 누구에게나 비를 예고할 검은 구름은 의젓한 기호다. 그러니 편지가 기호가 되고 책이 기호가 되는 것은 말할 나위도 없다.

기호는 사람에게만 있는 것은 아니다. 사람만 기호를 받아들이고 풀고 하는 것도 아니다. '더위 먹은 소 달만 보아도 헐떡인다'는 속담에서 소에게는 달이 기호가 된다.

이와 같은 기호의 속성은 읽기에 결정적인 영향을 끼치게 된다. 우리는 이제 글이나 책만을 읽고 있는 게 아니다. 언어를 비롯해 사람들의 행동과 몸짓, 시늉 또한 읽게 된다. 실제로 읽고 있다고 말해야 한다. 그뿐 아니다. 사물을 읽고, 사건을 읽고, 세상을 읽고 자연을 읽고 있다. 이제 세상은 기호로 넘쳐난다. 그래서 우리는 무엇이든 읽고 있다.

집으로 가면 시어미가 원수고

마당으로 가면 시애비가 원수고

밭으로 가면 바랭이가 원수고

논으로 가면 가래가 원수고

우리의 오랜 여성 민요가 이렇게 노래할 때, 시어머니며 시아버지는 바랭이(잡초)며 가래(풀)와 마찬가지로 기호다. 노래하는 사람은 풀이며 잡초를 자기 처지에 맞게 읽어내고 있다. 그러니 결국 우리는 세상에 산다기보다는 기호에 살고 있다고 하는 게 더 적절할지도 모른다.

기호에도 종류가 있다. 언어라는 기호는, 가령 민족이라는 거대한 공동체 안에서 전통적으로 미리 정해져 있는 규약 또는 법칙에 따라서 제구실을 하게 된다. 공동체 구성원들은 의식적이든 무의식적이든 학습과 관습에 의해 그것을 터득하게 된다. 그뿐 아니다. 생활 그 자체가 학습장이 되기도 한다. 손짓, 발짓에 눈짓, 몸짓이 기호가 되는 것도 언어가 기호가 되는 원리와 다를 게 없을 것이다. 한편 각종 깃발이나 불빛 따위의 신호가 기호로서 읽혀지게 될 때는 주어진 특정 공동체 안의 규정이며 관례에 따라 그 읽기며 교신이 이루어질 것이다.

그런가 하면 검정 구름이 비가 내릴 징조를 의미하는 기호가 될 때, 거기에는 자연적으로 정해져 있는 인과관계가 읽기를 가능하게 할 것이다. 한편, 만일 사랑하는 남녀가 서로 개인적으로 마련한 약정에 따라 손짓이나 눈짓에 특정한 의미를 부여한다면, 그것은 극히 개인적인 기호가 될 것이다.

이처럼 세상은 기호로 넘쳐난다. 산다는 것은 기호를 쓰는 일이고 그것을 읽는 일이다. 기호 쓰기와 읽기를 통해 우리 각자는 사회인이 된다. 비로소 인간다워진다. 인간을 규정할 때 '호모 링구아Homo lingua'라고 하기도 하는데, 그것은 인간은 언어를 씀으로써 비로소 인간이라는 것을 의미한다. 이와 비슷하게 '인간을 '호모 시그눔homo signum', 곧 기호인이라고 해도 좋을 것이다. 기호를 쓰고 읽음으로써 인간 조건이 채워지는 것이다.

2) 텍스트라는 것, 세상이 그대로 텍스트다

지난 세기 말에서 지금의 세기에 오기까지 인문 분야와 사회 분야, 또는 심리학 분야에서 기호는 키워드가 되어왔다. '기호론'이라는 학문은 이토록 여러 분야에 걸쳐 있는데, 그것은 기호가 인간 생활과 사회, 문화 전반에 걸쳐 중요한 구실을 맡아내고 있다는 것을 의미할 것이다.

가령 의사가 검사와 검진檢診의 결과로 환자의 병을 진단할 때, 그는 인간 생리에 기초를 두고 기호론을 펼치는 셈이라고 할 수 있다. 비유해 말하자면 인간 생리며 생체조직은 문맥文脈이고, 하나하나의 병세며 징후는 그 문맥에 의지해서 읽혀질, 낱말과도 같은 기호가 되는 셈이다. 그렇듯, 번화한 도시의 교차로에서 보게 되는 교통질서라는 것 역시 교통신호라는 기호의 전달과 읽기를 통해 비로소 지켜지는 것이다.

온 세상이 이처럼 기호로 넘쳐나듯 텍스트도 마찬가지다. 기호가 있는 곳에는 어디든 텍스트가 있기 마련이다. 즉, 사물과 세상이 기호라면 그것들은 동시에 텍스트가 되기도 한다.

텍스트는 본래부터 '본문', '원본' 등을 의미하는 말이다. 가령 어떤 책을 두고 주석을 달았을 때, 또는 주를 붙였을 때, 그 주석이나 주가 관련된 본문을 텍스트라고 해왔다. 또는 서문이나 발문과 관련된 본문도 텍스트라고 일러왔다. 그런가 하면 남의 글을 인용할 때, 그 인용된 원전도 텍스트라고 불러왔다. 교재나 교과서, 곧 텍스트북 또한 줄여서 텍스트라고 부르기도 했다. 예를 들어 중고등학교에서 "영어 텍스트가 뭐냐?", "사회 과목의 텍스트가 뭐냐?"고 할 때, 그것은 교재며 교과서를 가리킨다.

그러나 오늘날 텍스트라는 개념의 부피는 매우 커지고 그 폭은 어마어마하게 넓어졌다. 오늘날 우리는 읽기를 해서 뜻을 풀어내는 대상은 무엇이든 텍스트라고 부른다. 기호와 마찬가지로 텍스트 역시 그 의미가 대단히 확대되고 증폭된 것이다.

이럴 때 영어 낱말 '텍스트'의 뿌리가 된 라틴말 '텍스투스textus'가 '텍소texo'라는 동사와 관련되어 있다는 것이 많은 점을 알려준다. '텍소'는 옷감이나 베를 짜는 것을 뜻하는 동사다. 짜고, 엮고, 얽고, 지어올리고 하는 것을 의미한다. 그러면서 텍소는 '보고하다', '설명하다', '말하다'

등의 의미도 함께 가지고 있다. 이들 서로 다른 두 가지 텍소의 의미를 합쳐보면, 말이나 글이 옷감 짜듯 엮고 짜서 만들어지는 것이라는 점을 생각할 수 있다. 그래서 또 옷감 짜듯이 말을 엮은 것이 곧 텍스투스요 텍스트라고 할 수 있다. 영어의 텍스트도 옷감이나 베를 의미하는 '텍스처texture'와 그 말뿌리가 같다는 점이 지적될 수 있다.

텍스트는 언어의 짜임이고 엮음이다. 언어의 조직이다. 이것이 바로 오늘날 포스트모더니즘 시대에 특히 강조되어 있다. 그러니까 인간이 실제로 쓰고 있는 언어치고 텍스트 아닌 것은 없다. 그렇지만 오늘날 텍스트는 언어에 국한되지는 않는다. 그 가리키는 바가 아주 크고 넓다.

자연에서는 가령 구름이 끼고는 바람이 불고 이어서 비가 내린다면 그 서로 맞물려 있는 현상들은 하나로 어울려 텍스트를 이루게 된다. 인간 행동에서도 텍스트가 엮어질 수 있다. 시작이 있고 중간이 있고 그래서 끝이 있는 행동을 우리가 취하게 되면 그 일련의 행동은 묶여서 텍스트가 될 것이다. 매체가 관계되면 더 말할 게 못 된다. 어떤 매체로든, 가령 그것이 음향이든 동영상이든 간에 그것들이 얽혀 연관을 이룬다면 거기서도 우리는 텍스트를 만나게 된다. 예를 들어 이메일이나 모바일에서 이미지며 음향이 글과 함께 나타날 때, 그것은 그것대로 또 텍스트가 된다.

이렇듯 무엇인가가 서로 연관을 가지거나 조직되어 있거나 하는 데다 그로 인해 의미가 읽혀지면 그것이 곧 텍스트가 된다. 사물의 연계,

조직이 의미를 갖게 되면 무엇이나 텍스트다. 인간관계가 텍스트가 되고 사회조직이 텍스트가 될 수 있다.

텍스트의 엮음새를 '텍스추어리티textuality'라고 하는데, 이 말은 글이나 언어가 그렇듯 사물이며 사회며 인간 행동 같은 것들이 그 자체 안에 각각 어떤 관계로 엮여 있음을 의미하게 된다. 그런 시각으로 볼 때, 이미 지적한 대로 자연현상이며 사회 현상 그리고 인간 행위치고 텍스트 아닌 것은 하나도 없다시피 할 테지만, 이와 같은 새로운 텍스트의 개념 덕분에 우리는 그 모든 것을 글 읽듯이 풀이하고 읽을 수 있다. 이럴 때 '인터텍스추어리티intertextuality'라는 말이 우리의 관심을 사로잡게 된다. 텍스트와 텍스트의 상호관계를 가리키는 이 말은 줄리아 크리스테바Julia Kristeva라는 여류 학자가 스스로 지어낸 말이다.

우리는 무언가 한 가지 생각을 하면서 동시에 다른 것도 떠올리게 된다. 그러면서 그것들의 관계에 생각이 미치게 된다. 예를 들어 서녘 하늘에 해가 지는 것과 함께 장엄하게 번지는 노을을 바라다보면서 어느 교향곡의 마지막 악장의 코다coda(악곡 끝에 결미로 덧붙인 부분)를 연상한다고 치자. 그러면서 어느 마라톤 주자가 그 기나긴 42.195km를 남들을 앞질러 달린 끝에 드디어 도착 지점에 제 일착으로 들어오는 순간을 떠올린다고 치자. 이럴 때 이들 세 가지는 인터텍스추어리티, 곧 텍스트 연관성을 가지게 된다. 이런 식으로 우리는 인생에 그리고 세계에 생각 또는 연상聯想이라는 그물망을 던져, 그 인생의 토막들이며 사건의 토막들을 옭아매는 게 될 것이다. 그래서 한 줄로 꿰는 게 될 것이다.

이제 우리 인생의 중요한 한 국면이 떠오르게 된다. 그것은 갖가지 사건, 별의별 경험을 텍스트 연관성으로 묶고는 생각하고 읽고 하는 것이다. 그래서 인생이란 것이 앞뒤가 연관된 한 편의 드라마로 읽혀질 수도 있다.

텍스트 읽기는 인생에서 이토록 큰 몫을 다하고 있다. 우리는 조금만 여가가 나도 하루에 몇 번씩, 우리 각자의 인생을 두고 또는 우리가 삶을 의지하는 세상을 두고 텍스트 연관성을 바탕으로 생각하고 읽으면서 살아가고 있다. 그것이야말로 인생과 세상을 두고 하는 읽기의 근본이다.

3) 인생과 텍스트, 산다는 것 · 엮는다는 것 · 읽는다는 것

우리는 살면서 읽고 읽으면서 산다. 이 말은 진리지만, 우리는 책이나 글만을 읽기의 대상으로 삼는 것은 아니다. 앞에서 거듭거듭 말했듯이 우리는 사물을 읽고 사회를 읽고 세상을 읽곤 한다. 그뿐 아니다. 남들의 마음을 읽고, 우리 각자의 인생을 스스로 읽기도 한다. 그래서 인생과 세계는 기호와 텍스트 그 자체가 되고 만다. 나와 남의 관계는 텍스추어리티가 된다.

푸릇푸릇 풀의 싹이 자라고 있다. 양지바른 온 언덕이 눈부시게 푸르다. 걷던 걸음을 멈추고 문득 나무 그늘 바위 곁의 풀 더미 속을 들여다본다. 아, 난초 줄기에 맺힌 꽃망울!

이제 봄이다. 멧새의 울음이 풀밭에 물살을 짓는다. 이제 철은 바뀌고 있다. 바야흐로 새 봄이다. 목숨들이 재생하고 또 부활하고 있다. 대지의 용틀임이 느껴지고 숨결이 스며든다.

누구나 가졌을 이 눈부신 경험은 자연을 보는 전형적인 본보기다. 아니 대자연에서 우리의 정서와 맞물린 생명의 원리를 지금 우리는 읽고 있다. 그것은 자연 내부의 로고스logos며 에토스ethos를 읽는 게 된다. 이른 봄의 대자연이 곧 텍스추어리티가 된다.

> 동지섣달 긴긴 밤에
> 지그랑탕탕, 베를 짠다.
> 한 자 짜고, 두 자 짜고 보니
> 손가락 끝이 다 닳았네.
> 문을 반만 열고 하늘을 쳐다보니
> 별들이 반짝 반짝,
> 새서방님 눈만 같아.
> 아랫방 새서방님이 문을 살짝 열고
> 날 오라 손짓 하네.
> 아랫목의 시에미 눈매를 보니

겉눈은 감고 속눈은 떠서

매섭게 째려보네.

삼사월 긴긴 해에 점심 굶고

베는 짜도

님 없이는 못 짜겠네.

이것은 시골 여성들의 베 짜기 노래다. 눈치 빠르고 익살맞으면서도 서러움이 고인 노래다. 봄이고 겨울이고 할 것 없이 밤이 깊도록 새댁은 베틀 앞에 앉아서 베를 짜야 한다. 그러면서 그녀는 베틀 짜는 만큼 그녀의 인생도 함께 짜고 있다.

베가 짜지는 것만큼, 새색시의 손가락 끝이 닳고 있다. 미움 받치는 시어미의 눈길을 피해 새신랑 있는 방으로 눈결을 던지고 싶다. 밤하늘의 별이 반짝이듯이 그의 눈빛은 영롱할 것이다. 굶어 죽었으면 죽었지 그에게 안기지 않고는 못 살 것 같다. 일이 손에 잡히지 않는다. 하지만 어쩌랴? 님의 손길 다듬듯이 베틀을 짤 수밖에 없다.

이렇게 별빛과 님의 눈빛이 서로 견주어지고 있다. 그런가 하면 시어머니 눈치와 새서방 눈길은 서로 반대다. 님에게 당장에라도 달려가고 싶은 그 정을 베틀에 부쳐서 겨우 참아내고 있다.

이처럼 밤의 한 순간, 베 짜고 있는 새댁으로서는 별빛과 님, 시어미의 눈길과 신랑의 눈빛, 님에게 바치는 정과 일 등등이 줄줄이 엮어지고 짜지고 있다. 인생의 어느 토막에 깃든 일들, 생각들을 그물 엮듯이 엮고 있다.

별빛과 님 사이에 동질성이 있듯 님에게 바치는 정과 일에 들이는 정성 사이에도 마찬가지 매듭이 맺어져 있다. 그런가 하면 시어미 눈길과 신랑 눈빛 사이에는 서로 다른 대비 또는 대조가 있다. 그렇게 동질성과 대조를 바탕에 둔 비유법이 새댁 삶의 한 대목을 짜내고 있다. 그래서 텍스트가 이루어진다. 산다는 것은 텍스트 짜기다. 그것은 베 짜는 여인만의 몫은 아니다.

인생은 이렇게 짜는 것이다. 하지만 짜기에 앞서서 그렇게 짜이도록 인생을 읽어내는 눈이 먼저 있어야 한다. 이렇게 인생은 어느 순간에나 읽고 짜고 하는 것이다. 산다는 것, 그것은 텍스트를 짜는 일이다.

3

글과 말과 책과 북

글을 안다는 것,

그걸 깨우침이라고 했다.

인생은 깨우침의 연쇄,

그래서 글은 인생의 기틀 같은 것.

한데 말 없는 글은 없는 법.

1) 글은 말을 문자로 옮겨놓은 것만은 아니니

'호모 링구아homo lingua'

인간은 말을 해서 비로소 인간이다.

'호모 심보룸homo symbolum'

'호모 시그눔homo signum'

인간은 기호를 쓰고 또 글을 써서 비로소 인간이다. 인간의 머리는

인간이 말을 하고 글을 짓고 읽고 해서 비로소 제 몫을 다한다. 그래서

인간의 머리며 두뇌는 동물성을 벗어난다.

'말이면 다야!'

흔하게 하는 이 말은 고쳐야 한다. '말이면 다다'라고 고쳐 말해야 한다. 그게 곧 인간의 인간됨이다.

누구나 알다시피 구약성경의 천지창조 편에는, 태초에 조물주는 말씀으로 빛을 빚고 천지를 만들고 생물을 만들고 드디어 인간을 창조했다고 나와 있다. 말은 모든 것의 시작이고 창조의 기틀이다. 라틴어 로고스logos는 말을 의미하면서 아울러 천지의 이치를 가리킨다. 그뿐 아니다. 이성을 의미하기도 한다. 말은 그런 것이다. 창세기가 까마득히 지난 역사시대에도 우리는 그 자취를 더듬을 수 있다. 로고스가 갖춘 그 요긴한 의미들은 오늘날에도 멀쩡하게 지켜지고 있다.

인간인 우리에게 생각한다는 것은 무엇일까?

그것은 인간이 인간일 수 있는 절대 조건이고 궁극의 조건이다. 철학자 데카르트가 아니더라도 우리는 누구나 '나는 생각한다. 고로 나는 존재한다'고 말할 수 있을 것이다. 그런데 그 생각한다는 것은 결국 말하는 것이다. 머릿속에서 소리 없이 말하는 것, 그것이 바로 생각이다. 생각은 소리 없는 말이다. 말 없는 생각은 절대로 없다.

그런가 하면 우리의 행동 또한 말을 지침 삼고 있다. 극히 순간적이고 반사적인 행위가 아닌 바에야 생각은 말을 원리 삼고 원동력 삼아 이루어지게 되어 있다. 말은 행동의 지침이다.

현대 언어학의 창시자인 소쉬르Ferdinand de Saussure는 인간이 쓰고 있는 언어를 세 가지로 나누었다. 파롤parole과 랑그langue와 랑가주language가 그것인데, 이들은 차례대로 한 개인의 언어, 한 공동체에 고루 통용되는 언어, 그리고 우리의 언어생활 전부를 가리킨다. 이때 랑가주는 입말에 그칠 수 없다. 온갖 의사소통의 수단, 방법을 통틀어 가리키는 것으로 확대 해석되어도 좋을 것이다. 그래서 드디어는 인간 행동 그 자체도 포괄하는 것으로 받아들일 수 있을 것이다.

그런데 이 같은 말은 글과 어떤 관계를 갖는 것일까?

입으로 하는 말을 문자로 또는 기호로 옮겨놓은 것이 곧 글이라고 잘라 말할 수는 없다. 말과 글 사이에 고리가 맺혀 있기는 하지만, 말이 글을 일방적으로 지배할 수는 없다. 그 점은 '문법文法'이니 '문리文理'라는 낱말이 쓰이는 것만 보아도 알 수 있다. 문리는 글의 이치이고 법칙이다. 이는 말의 이치와 글의 이치가 다를 수 있다는 점에 대해 알려준다. 언어의 이치를 뜻하는 '언리言理'나 '어리語理'라는 말은 없다.

인류가 말에 관한 공부를 시작한 지 사뭇 오래되었다. 그것은 수사학이라는 이름으로 이미 그리스 시대 때 비롯했다. 인간을 이해하고 인간 상호관계 및 문화를 살피는 데 말은 요긴한 몫을 맡아낸 것이다. 심리학이나 사회학이나 할 것 없이 인간을 해명하는 데 수사학, 곧 말에 관한 학문은 어떤 학문보다도 단연 앞장선 것이다. 이것은 매우 중요한 일이다. 말을 빼고 나면 인간의 본색은 사라질지도 모른다. 말은 곧 인간이다.

그런데 그러한 말에 관한 공부인 수사학은 차츰 속내를 달리해갔다. 남들과 말을 주고받는 방법 말고도 수사학은 점차 웅변술에 대한 공부, 혹은 남들을 내 생각대로 따르게 하기 위한 기술로 그 모습을 바꾸어갔다. 수사학은 차츰 말하기의 이론에서 글쓰기, 짓기의 이론으로 옮아갔다. 글의 짜임새며 엮음새를 으뜸으로 다루게 되었다. 즉 언변言辯의 이론인 수사학이 문장론의 모습을 겸하게 된 것이다.

그러다가 수사학은 현대에 들어서서는 아예 작문론이 되고 문장론이 되고 말았다. 가령, 미국의 '신비평'의 대가인 클린스 브룩스Cleanth Brooks의 『현대 수사학Modern Rhetoric』이 그 대표적인 본보기다. 이러한 수사학의 변모는 말보다는 글이 인간이며 인간 문화를 이해하는 데 차원이 달리 크게 이바지할 것임을 일러준다.

이미 말한 바처럼 글은 말을 그냥 문자로 옮겨놓은 것이라고는 할 수 없다. 수사학이 일러주듯 글쓰기며 읽기에서는 말하기와는 차원이 다른 사고와 판단, 사색이 큰 몫을 맡고 있다.

글쓰기에 말하기와 같은 '인스턴트'는 없다. 말은 순간적, 즉흥적으로 또 반사적으로 할 수 있다. '말을 내뱉는다' 또는 '말을 토한다'는 말귀만 봐도 알 수 있다. 그러나 글은 글을 쓰고 있는 동안, 본인도 알게 모르게 수사학을 부리게 되어 있다. 그런 것이 글이다. 앞에서도 누누이 말했듯 미리 구상을 해 앞뒤의 논리를 갖추어 엮음새를 짜나가게 된다. 이론적으로 수사학을 모르는 채로도 누구나 수사학자가 되게 마련이다.

그런데 우리가 살아가는 세상 그 자체가 아예 책방이고 글방이다. 인류의 역사에서도 다른 것들을 앞질러 문헌이 곧 역사다. 지금 당장 사회, 그리고 세계는 글로 넘쳐나고 있다. 신문, 잡지, 책, 서신, 문서,

서류 등등으로 넘쳐나고 있다. 그뿐 아니다. 커뮤니케이션, 정보, 보도報道, 언론, 이메일, 페이스북, 트위터, 네트워크 등등 우리는 결국 글 속에서 글과 더불어 살고 있다. 이 하고많은 보기들은 글 짓고 글 읽는 것, 그게 오늘을 사는 일이라는 점을 말해주고 있다. 쓰고 짓고 읽고 하는 것이 삶이다.

2) 사물과 세상, 그 보기와 읽기

우리가 일상적으로 또 노상 사물을 보고 세상을 보고 있는 것은 어김없는 일이다. 하늘을 우러르고 바다를 내다본다. 꽃을 들여다보고 나비를 지켜본다. 별을 헤고 물살에 아롱지는 달빛을 바라본다. 상대방의 얼굴을 빤히 쳐다보고 건너편 산을 멀거니 내다본다. 이렇듯 보기는 다양하다.

한국말의 동사 가운데 그 쓰임새가 아주 많은 낱말 중 으뜸에 '본다'가 자리 잡고 있을 것 같다. 지켜보고 노려본다. 살펴보고 꼬나본다. 훑어보고 눈여겨본다. 들여다보고 내다본다. 바라보고 훔쳐본다. 알아보고 챙겨본다. 마주보고 건너본다. 슬쩍 보고 흘쩍 본다. 잘 보고 익히 본다. 차근차근 보고 가만가만 본다. 한국인들은 이렇게 다양하게 보고 있다. 그것은 살아가는 일에서 본다는 것이 만만치 않은 비중을 차지하고 있다는 점을 말해준다. 산다는 것, 그것은 상당한 정도로 본다는 것이다.

그런데 '본다'는 눈으로 어느 대상을 보는 것만을 의미하지는 않는다. '알아본다'고 할 때의 '본다'는 이해한다는 뜻이다. '해본다'고 할 때는 시도하고 노력한다는 뜻이다. '따져본다'고 하는 경우도 마찬가지다. 이 몇 가지 보기에서 '본다'는 이른바, 보조동사補助動詞 구실을 하면서, 판단하고 생각하고 시도한다는 여러 가지 뜻을 품고 있다.

한자에서도 '견식見識'이나 '식견識見'이라는 말에서 보는 것을 의미하는 '견見'은 지식을 뜻한다. '의견意見'이며 '소견所見'이라고 할 때의 '견'은 생각과 같은 뜻이다. '견해見解'라고 할 때의 '견'도 다를 바 없다. 이런 여러 보기에서 우리는 보는 것이 시각視覺에 또는 눈에 국한된 것이 아니라는 점을 알게 된다. 머리며 가슴도 관여하고 있음을 알게 된다.

이래서 보는 것은 생각이 되고 파악이 되고, 판단이 되고 지식이 된다. 봄은 앎이 된다. 그것으로 우리는 사물을 소유하게 되고 세상을 차지하게 된다. 그래서 우리 각자는 사물과 세계라는 객체 앞에서 주체가 되는 것이다. 그것들을 누리고 받아들이는 주체가 된다.

이 경지에서 보는 행위는 읽는 행위가 된다. 생각하고 궁리하고 판단하는 것이 된다. 보는 것으로 사물을 이해하고 파악하게 되기 때문이다. 사물이며 세상을 보고 산다는 것은 그것들을 읽어서 산다는 것이다. 결국 우리는 사물과 남들과 세계를 읽음으로써 우리 각자의 존재를 굳건히 하고 그것들의 주체가 되는 것이다. 나는 세계 속의 주체로서 존재하게 된다. 이래서 읽음은 존재의 확립이 된다.

3) 책은 먹고 맛보기도 하나니

'册책'이란 한자는 상형象形문자다. 글자가 그것이 가리키고 있는 대상과 모양새가 같은 경우, 이를테면 글자가 물체나 사물과 모양이 같은 경우 그 문자를 상형문자라고 한다. 册은 여러 장의 종이가 겹겹이 실로 꿰여 엮어진 모양을 본뜬 글자처럼 보인다. 아니면 책꽂이에 책을 여러 권 겹쳐서 꽂아놓은 모양새를 본뜬 것 같기도 하다.

그런데 한마디로 책이라지만 책에는 종류가 있고 갈래도 있기 마련이다. 읽는 목적에 따라 또는 책의 내용에 따라 갈래가 나뉠 것이다. 책도 책 나름으로 서로 다르다.

필독서必讀書, 전공서적專攻書籍, 교양서적敎養書籍, 교과서敎科書, 학술서學術書, 입문서入門書, 애독서愛讀書, 경전經典, 고전古典, 고서古書, 신서新書, 양서洋書, 외서外書, 양서良書, 저서著書, 문헌文獻.

필독서라면 반드시 읽어야 하는 책이다. 님에게서 온 편지가 그렇듯이 학생들에게 교과서는 당연히 필독서다. 성인들 같으면 일하는 분야에 맞춰서, 일을 위해 읽게 되는 책이 지침이 되고 그래서 필독서가 될 것이다. 전문 분야를 다루고 있는 전공서적은 대개가 필독서에 들 것이다. 종교의 교리를 다루고 있는 경전은 신도나 교인에게는 당연히 필독서일 것이다. 크리스천이라면 성경이 필독서일 것이고 불제자라면 불경이 역시 그럴 것이다. 그뿐 아니라 어느 분야에 첫발을 들여놓는 신출내기들에게 길잡이가 될 입문서 역시 필독서로 꼽아야 할 것이다.

　한편 교양서적이라고 일컬어지는 책이 있다. 실무적인 목적에 이바지하는 필독서와는 다르게, 인격이며 교양을 닦고 인성을 기르며 정서를 다듬어서 한 인간의 사람됨에 도움을 주게 될 책을 교양서라고 부를 수 있을 것이다. 영어에서 교양을 '휴머니티즈humanities'라고 하는 것은 그것이 인간성humanity, 곧 사람됨과 연관돼 있기 때문이다.

　필독서들이 머리를 위한 것인 데 비해 교양서적은 머리에 작용하면서 가슴을 뿌듯하게 할 것이다. 마음의 양식糧食, 곧 마음의 영양소가 되기도 할 것이다. 따라서 시, 소설, 수필 등등의 문학작품은 바로 교양서적의 으뜸 자리를 차지할 것이다. 일반 지성인들을 위한 철학책이나 역사책도 교양서적에 들 수 있을 것이다. 고전은 대개가 교양서로서 대접받는다.

　이와 같이 책에는 종류가 많다. 우리는 대개 위에 열거된, 그 많은 종류의 책 전부는 아니더라도 꽤나 많은 종류의 책을 읽게 된다. 그중 적지 않은 종류의 책을 읽으면서 우리는 살아가고 있다. 이래서도 산다는 것은 읽는 일이다.

　예전 시대라면 몰라도 요즘 세상에서 눈 가지고 볼 줄 아는 사람치고 책을 읽지 않고 사는 사람은 없을 것이다. 불행하게 시각을 잃은 사람에게도 점자點字 책이 있기 마련이다. E북이 나돌고 있는 요즘 같으면 컴퓨터나 모바일로도 책을 읽을 수 있다. 그러자니 오늘날 우리는 책을 읽고, 또 책을 읽으면서 살고 있다. 그래서 사람에 따라서 다르긴 하겠지만, 우리의 일상생활에서 책이 차지하는 바, 그 몫이 적지 않다. 책 읽기는 삶의 가장 큰 대목이다.

하지만 누구나 언제나 정해놓다시피 책이 즐겨 읽혀지는 것은 아닐 것이다. 책이 원수처럼 느껴지는 경우도 없진 않다. 졸린 것을 참아가면서 잘 풀리지 않는 숙제를 하고 있는 학생에게 책은 원수도 여간 얄미운 원수가 아닐 것이다. 그러기에 책이라면 우선 골치부터 아파오는 사람도 아주 없진 않을 것이다. 이를테면 책 혐오증이나 책 기피증에 시달리는 사람도 더러는 있을 것이다. 누구나 쉽게 책벌레가 될 수 있는 것은 아니기 때문이다.

책벌레라는 말은 퍽 재미있다. 곤충의 유충이 풀잎이나 나뭇잎을 먹듯이 책을 먹어대는 것이 문자 그대로 책벌레일 것이다. 실제로 책을 입으로 먹어대는 사람은 있을 것 같지 않다. 그러나 거의 먹는다고 해도 좋을 지경으로 책을 읽을 수는 있다. 누군가가 눈은 책에 박은 채 골똘하게 책을 읽을 때가 그렇다. 그가 침 바른 집게손가락과 엄지손가락으로 무심한 듯 책장을 계속 넘겨댈 때, 그것으로 그는 무심코 책을 핥아먹는 게 된다. 손가락 끝의 침에 묻은 책 기운을 그는 삼키게 되기 때문이다. 이 지경이면 그는 말 그대로 책을 먹는 게 된다.

또 있다. 누군가가 의자에 앉아서 책을 읽다 말고는 책상 위에 놓인 책에 얼굴을 파묻고 꾸벅꾸벅 졸다가 드디어 깊이 잠이 들었다고 치자. 한참을 그러고 있으면 입술 새로 흐른 침이 책을 적시게 될 수도 있다. 그러다가 잠꼬대를 하느라고 움찔대는 입술로 책을 핥는다 치면 어떻게 될까? 그건 영락없이 책을 먹는 게 될 것이다. 꿈결에 그는 책 맛을 달콤하게 보고 있을지도 모른다.

그런데 책 맛은 이에 그칠 수는 없다. 숙제로 읽는 책은 비릴 것이고, 어려운 책은 쓸 것이다. 재미있는 책은 달콤할 것이다. 실용에 도움이 될 책은 짭짤할 것이다.

이렇듯 우리는 책 읽기를 먹기와 겸해서 하게 되기도 한다. 독서가 책의 맛보기를 겸하게도 된다. 먹는 것은 인간 생존을 위한 절대적인 필수조건이다. 그러기에 우리는 책 먹기를 하면서 삶을 상당한 정도로 지탱하게 된다. 책 먹기를 겸해서 책 맛보기까지 하게 되면, 책 읽기는 식도락食道樂, 곧 먹는 재미이며 즐거움에 견주어질 것이다. 그래서 식도락이란 말에 견주어 '독도락讀道樂'이라는 말을 읽기의 보람으로 생각해내도 좋을 것이다.

4) 별의별 게 다 책이라고: 읽기의 위기에서

참말로 묘한 세상이 되고 말았다. 10년이면 강산도 변한다고 했는데, 10년 아니라 그보다 짧은 세월 동안에도 강산이, 아니 문화가 달라지고 말았다. 눈 한 번 두 번 깜빡할 사이에 변하고 말았다. 그리고는 세상이 달라지고 그와 더불어 사람도, 인성도 달라지고 말았다. 그 결과가 이른바 정보화 시대이고 디지털 시대다.

젊은 세대들은 이제는 세상을 보는 대신, 사물을 보고 사람을 보는 대신, 컴퓨터를 보고 파일을 보고 있다. 인터넷을 지켜보고 있다. 그뿐 아니다. 이메일, 이북, 넷북, 페이스북, 트위터 등등 이름도 야릇한 것들을 보고 있다. 그것들이 이제 세계와 사물과 사람들의 자리에 대신 들어서고 있다.

그래서 그런지 그전 같으면 책도 아닌 것들이 책인 척하고 있다. 아니 아예 당당히 책으로 자처하고 있다. 이북을 비롯해서 넷북이며 페이스북이며 하는 것들이 나부대고 있다. 당당히 '북'임을 내세우고 있다. 심지어 '노트북'도 이제는 새 얼굴, 새 모습을 하고는 묵은 시대의 노트북을 밀어내고 잘난 척하고 있다.

'노트북'의 '노트note'는 워낙 여러 가지 뜻을 갖고 있다. 두드러진 징표나 표시를 의미하는가 하면 중요함, 특정적인 것 등을 뜻하기도 한다. 특별히 주의할 점 역시 노트다. 기억하기 위해 적어두는 것도 노트인데, 이것은 메모와 거의 같은 뜻이다. 그런가 하면 주의할 점, 기억해야 할 것 등을 의미하기도 했다. 그러니까 노트북은 이와 같은 뜻의 노트를 적어두는 문서나 서류를 의미하게 된다. 그런 가운데 한국에서는 각급 학교의 학생들이 쓰고 있는 공책을 의미하기도 했다.

그런데 오늘날 노트북은 더 이상 이런 뜻으로 쓰이지 않는다. 노트북의 원래의 의미는 사라지고, 그전 노트북과는 닮지도 않는 것이 '나야말로 오늘날의 노트북이야' 하고 어깨를 우쭐대고 있다. 좁다란 플라스틱 판자 두 개가 포개진 꼴의 컴퓨터가 이제는 노트북이다. 노트북은 작은 꼬마 컴퓨터다. 컴퓨터와 관련될 때 노트북은 '노트북 컴퓨터’의 줄임말이다. 휴대할 수 있어서 이동성이 강한 작은 컴퓨터가 노트북이다.

이에 비해 ‘미니 노트북 컴퓨터’가 바로 넷북이란 것을 모르는 사람은 별로 없을 것이다. 책상에 올려놓고 쓰는 그 컴퓨터에 견주면 꼬마의 또 꼬맹이다. 손바닥에 올려서 쓸 수 있을 만큼 앙증맞고 가벼운 작은 컴퓨터라고 해도 좋을 것이다.

넷북은 노트북 컴퓨터보다 값이 싸다. 간편하고 다루기 쉽고 들고 다니기 쉽다. 네트워크에 연결해 정보나 메시지의 커뮤니케이션 그리고 동영상 재생 등을 할 수 있다. 인터넷, 문서 작업, 이메일 등을 역시 할 수 있다. 그래서 넷북은 부분적으로는 책이 맡아낼 구실을 짊어지고 있는 게 분명하다. 북이란 말이 전혀 당치 않다고 말하긴 힘들다. 그러기에 넷북에서는 당연히 읽기가 큰 몫을 맡아내고 있다. 문서 작업도 가능하니 글쓰기나 짓기도 담당할 수 있다. 쓰기와 읽기를 동시에 양수겸장兩手兼將 할 수 있다.

한편 페이스북이란 것도 노트북이나 넷북처럼 스스로 북임을, 책임을 자칭하고 있다. 전통적인 의미로는 책이 아닌 것이, ‘나 책입네’ 하고는 잘난 척 얼굴 표정을 꾸미고 있다. 그래서 페이스란 말이 붙은 걸까?

페이스북은 요컨대, 트위터며 싸이월드와 다를 바 없이 이른바 소셜네트워킹 서비스다. 더욱이 지구촌 전체에 걸친 ‘글로벌 서비스’에도 능하다. 전자우편 가입자라면 누구든 남들과 대화하고 정보를 교환할 수 있다. 그래서 페이스북은 디지털 통신 수단이고 전자 교신 장치다. 상대방의 개인 프로필을 얻어내고 새로운 친구도 찾을 수 있게 되어 있다. 디지털 광장이 열리는 셈이다. 그런 일들과 관계해서 사람들은 쓰고 읽고 한다. 그래서 페이스북은 우쭐대면서, 책과 같은 뜻의 북임을 자처하는 셈이다.

이와 같이 트위터나 싸이월드 말고도 노트북과 넷북 그리고 페이스북이 오늘날의 새로운 북이요, 책으로서 나돌고 있다. 그래서 디지털 시대인 오늘날 읽기와 쓰기를 말할 때, 이들 새로운 북들을 무시할 수 없다. 이에 따라 새로운 읽기와 쓰기·짓기의 시대가 우리 눈앞에 펼쳐져 있다. 그야말로 인간의 읽기며 쓰기의 역사에서 '에포크 메이킹 epoch-making'하다고, 이를테면 획기적인 시대가 도래했다고 말해도 좋을 것이다. 그것은 인류 문화의 새로운 국면이다. 새로운 창세기가 전개되고 있다.

그런데 이들 새로운 읽기며 짓기에 문제가 없을 수 없다. 심각한 부작용이 말썽을 피우고 있다. 넷북, 노트북 , 그리고 페이스북, 어느 북에서나 주로 다루어지는 것은 정보요 메시지다. 또 구호口號다. 그러다 보니 앞에서도 누누이 말한 바와 같이 글들은 단문短文에 치우쳐 있다. 옛날 같으면 전보電報에나 쓰일 만한 문장 또는 요즘의 광고 전단에나 알맞을 문장이 대부분이다. 물론 경우에 따라서는 전체로는 긴 한 편의 글일 수도 있다. 그러나 하나하나의 문장은 일부러 자른 듯이 토막, 토막이다. 외마디의 절규 또는 내뱉는 한숨 같은 글도 있다.

거기다 언어諺語, 곧 통신을 주고받는 사람 끼리끼리만 통하는 변말(은어隱語)이 바글대고 또 정체불명의 외래어가 잘난 척 욱신대고 있다. 그뿐 아니다. 일그러진 표현, 묘하게 꼬인 문장 따위가 설치고 있기도 하다. 그래서는 짐짓 멋부린다고 한 게, 결과적으로는 이지러지고 찌그러진 문장이 되어 우쭐대기도 한다.

정보란 낱말은 워낙 뜻이 다양하다. 영어의 '인포메이션information'이 그렇듯이 뉴스나 신문 기사 따위처럼 무엇인가에 대해 짤막하게 알리는 것이 정보다. 그러다가 아예 컴퓨터에 저장되어 있거나 컴퓨터에서 얻어지는 지적인 자료를 지칭하게 된 것이다. 그래서 정보나 통신에서는 숙독熟讀이나 정독精讀을 하게 되는 경우는 드물다. 꼼꼼히 익혀서 읽거나 자상하고 또 알뜰하게 따져 읽기는 드문 편이다. 속독하기, 이를테면 번개 치듯이, 날벼락 떨어지듯이 빨리, 후딱 읽게 마련이다. 그 결과 남독濫讀하기 쉽다. '濫'은 '함부로' 또는 '아무렇게나'라는 뜻이 된다. 심지어는 클릭하는 속도, 파일을, 화면을 슬쩍슬쩍 찍고 누르는 그 속도와 읽기의 시선의 속도가 맞먹고 있다.

그래서 오늘의 우리는 '호모 핑거homo finger'다. '손가락 인간'이다. 적어도 쓰기나 읽기 그리고 그런 것에 따르는 작업으로는 아무래도 '손가락 인간'이다. 실제 직업의 종류와는 별로 관계없이, 컴퓨터 두들기기로 사무를 보고 직무를 수행하고 있다. 노동이며 일이 곧 손가락 두들기는 것이다. 손가락으로 두들긴다기보다는 손가락 끝으로 살짝 찍고, 살짝 누르고 하는 것이 오늘날의 노동이고 직무고 또 일이다. 그래서 오늘의 우리는 손을 써서 물건을 만들어내는 '호모 파베르Homo faber'도 아니고 , 두뇌를 움직여서 세상살이를 꾸려가는 '호모 사피엔스 Homo sapiens'도 아니다. 손가락 끝에 인생살이가 걸려 있다.

이러한 지경은 결과적으로 어떻게 될까? 글쓰기나 짓기는 외마디 소리를 내뱉는 것이나 다를 바 없게 된다. 날벼락이기 쉽다. 다듬고 다듬는 사고며 사색은 거의 남의 일이다. 심사숙고深思熟考는 어림도 없다. 그래서 글 쓰고 짓고 하는 머리는 호되게 부는 바람에 휘날리는 눈발을 닮게 된다.

읽기도 마찬가지다. 더운 여름날, 밭은목에 냉수 들이키듯 훌쩍 남 의 글을 삼키게 된다. 꿀꺽하면 그걸로 그만이다. 의미를 캐고 따지고 할 겨를이 없다. 글이, 정보가, 메시지가 슬쩍 눈을 스치면 그걸로 만 사 끝난다.

이런 쓰기며 읽기가 주가 되면 그것이 성격이나 인간성에 영향을 끼치게 될 것은 그야말로 뻔할 뻔 자다. 무엇이나 졸속拙速으로 서두르 고 단김에 쇠뿔 뽑듯 하려고 덤빌 것이다. '빨리 빨리!' 이것은 한국인 의 민족적인 구호다. 무엇이든 속전속결速戰速決로 서두르고 겨루어서 해치우려는 우리의 '졸속주의'를 컴퓨터며 PC며 노트북이 부채질하고 있다. 모바일이며 스마트폰이 함께 나부대고 있다.

그래서 또한 전통적인 종이책 읽기는 좋은 약방문이 되고 처방이 될 것이다. 디지털 읽기를 하는 틈틈이 종이책 읽기에 마음을 써야 할 것이다.

5) 인터넷 전쟁, 페이스북 혁명

인터넷은 온 세계를 그물로 얽어놓다시피 한다. 사회며 세계는 네트워크로 되어 있다. 그래서 사람과 사람 그리고 민중과 군중을 하나로 엮어놓는다. 온 세계가 단숨에 한 입이 되고 같은 눈, 같은 귀가 되고 같은 마음이 되고 만다. 메시지와 동영상과 음향이 어울려서 세계가 곧잘 커뮤니케이션 그 자체가 되고 만다. 그것이 사회와 문화에 끼칠 영향은 말하나 마나다. 세계를 순간적으로 바꿔버리기도 할 것이다. 최근의 이집트 사태는 이를 증언하고 있다.

2011년의 2월 초 무바라크 대통령은 30년 동안 눌어붙어 있던 독재의 권좌에서 내몰리고 만다. 이집트의 혁명이 민중 봉기를 통해 이루어진 것이다. 2008년 4월에 시작된 민중의 독재정권 타도운동은 근 3년을 끌어오다가 이제 당당히 성과를 보고 대단원을 맞이한 것이다. 그런데 그 민중운동이 전개되는 중에도 악랄한 독재 정권의 혹독한 민중 탄압은 계속되었다. 이에 대응해 민중운동 역시 그 불길이 더해갔다. 바로 그 같은 운동의 결정적인 도화선이 되고 견인력이 된 것으로 무엇보다도 인터넷을 들어야 한다. 페이스북이 그 주된 역할을 도맡아냈다.

가령, 주동자인 한 사람은 단숨에 만 명이 넘는 사람들과 인터넷으로 생각을 주고받고 페이스북으로 교신했다. 인터넷의 속도와 넓이는 바로 혁명운동의 치열한, 무서운 불길로 타올랐다. 온 카이로 시내가 한 광장이 되고 말았다. 인터넷이라는 그물 속에서 온 카이로 시민은 하나로 어울렸다. 미라와 스핑크스도 합세했을 것 같다. 페이스북이 당당히 앞장을 섰다. 그것은 미처 생각도 못한 기적으로 나아갔다.

민중이 격렬하게 항의하는 장면, 사납게 구호를 외치면서 투쟁하는 장면에 겹쳐 경찰이 민중을 폭력으로 몰아붙이는 장면 등등이 페이스북을 타고 이집트뿐 아니라 이웃 중동 지역으로 퍼져나갔다. 온 세계의 시선이 카이로로 쏠리게 되었다. 혁명은 해일이 되었다. 쓰나미가 되었다.

"변혁變革이냐 죽음이냐!"

"젊은이가 죽음을 당하였는데 보고만 있을 거냐?"

"가만히는 안 돼. 일어서라!"

"독재자는 꺼져라!"

"우린 무섭지 않다. 사느냐 죽느냐!"

이런 구호들이 페이스북에서 아우성쳤다. 그러자 독재정권의 내무성이 앞장서 탄압하고 나섰다. 인터넷을 검열하다 못해 드디어는 단절시켰다. 네 곳의 인터넷 프로바이더provider를 폐쇄하기도 했다. 구글Google이 항의하고 나섰고, 서구의 여러 나라도 항변의 소리를 높였다. 카이로의 민중 인터넷은 교신하는 상대를 골라서 은근한 언어諺語나 암호로 통신하게 되었다. 내무성은 결국 검열 불가능의 궁지에 몰렸다. 이제 독재자 무바라크는 백기를 드는 것 말고 다른 선택은 불가능했다.

독재는 결국, 인터넷과 페이스북 앞에서 무릎을 꿇었다. 민중은 인터넷으로 이기고 페이스북으로 승리의 함성을 지르게 되었다. 그것들은 수소폭탄보다 더한 무기였다.

2011년, 이집트 민중의 승리는 요컨대 인터넷 전쟁의 결말이고 페이스북 혁명의 결실이었다. 그리고 그 파장은 중동의 10여 개 국가로 번져나갔다. 지금도 그 불길은 날로 치열해가고 있다. 온 이슬람 국가들의 민주화도 멀지 않아 보인다. 리비아가 그 앞장을 서고 있다. 인터넷이 역사를 바꾸고 페이스북이 시대를 변화시켰다. 카이로의 민중들은 '페이스북 만세! 만만세!' 소리치고 있을 것이다.

그렇다. 이제 우리는 페이스북이 써나가는 역사를 보고 읽고 하게 되었다. 역사 자체가 디지털화하고 있다. IT가 원동력인 역사를 보고 있다.

나의 책 읽기, 멋 누리기

책 보면서 산다는 것

글 읽고 산다는 것

그 재미, 그 멋,

그 보람

1) 책이란 그 괴짜

'册책'은 무척 재미난 글자다. 우선 직접 지시하고 있는 것이 재미있다. 하지만 그것만은 아니다. 글자의 내력이 흥미롭고 그 함축된 의미가 매우 다양하다. 앞에서도 말했다시피, 따지고 들면 예사 글자가 아니란 것을 알게 된다.

우선 겉보기부터가 그럴듯하다. 책이 여러 권 줄줄이 잇따라 서 있는 정경이 훤하게 떠오른다. 서가에 많은 책이 나란히 꽂혀 있는 모습이 알알이 떠오를 것이다. 그래서 册이라는 글자는 매우 사실적이다. '책 서'라고도 읽는 '書'가 있지만 册과 비할 수는 없다. 册은 겉모양부터가 책답지만 書는 아무리 기를 써서 들여다보아도 책같이는 보이지 않는다.

그런데 근원을 캐고 들면 '册'은 여간 만만치 않다. 册은 본디 나무

울타리의 모양을 본뜬 글자다. 그래서 '柵책'과 맞통하는 글자다. 집의 나무 울타리, 목장의 큰 울타리 그것이 모두 柵인데, 冊이라 바꿔 적어도 그만이다. 무엇인가를 지키기도 하지만 가두기도 하는 것이 울타리이여서 冊은 감옥이나 별로 다를 게 없기도 했다.

그런데 좀 엉뚱하게도 冊은 '策책'과 같은 뜻을 지니기도 했다. 策은 원래 '채찍'인데 감옥 안에 갇힌 죄수들을 채찍질한 탓인지 어떤지 거기까지는 알 수 없다. 하지만 策은 '책략策略'의 책이고 '대책對策'의 책이다. 또 '계책計策'의 책이기도 하다.

책의 함의는 이에 그치지 않는다. 冊은 策에서 한걸음 더 나아가서 엄청나게도 '천명天命'을 뜻하기도 한다. 하늘의 명이 곧 책이다. 밝게 맑게 드높은 뜻을 가지고 하늘이듯 살아가라는 하늘의 명, 그것이야말로 冊이 갖추고 있는 최후, 최고의 뜻이다. 책을 하늘이라고 떠받든 옛사람들의 슬기! 차라리 소름이 끼친다.

자! 이만큼 복잡한 게 冊이란 글자다. 무섭고 놀라운 게 책이다. 그런데 그것이 우리의 실제 책 읽기 생활과 어떤 관계를 갖는 것일까? 그 종이 뭉치가, 글자가 꼬박 박힌, 종이 덩어리가 冊이란 글자의 내력이며 함축된 의미와 무슨 인연을 갖고 있을까?

궁금할 것이다. 하지만 우리 일상의 책 읽기 자체 속에 이미 冊의 그같은 대단한 사연은 고루 다 깃들어 있다. 가령 한여름 삼복의 무더운 어느 날에 도서관의 서가 앞에 앉아 있다고 쳐보자. 읽다가 지치고 진력이 난 사람 눈에 그 서가가 사람 잡아 가두는 울타리 같아 보일 수도 있을 것이다. 아니면 무시무시한 채찍이 줄지어 서 있는 것처럼 보이기도 할 것이다. 하지만 참고 견뎌내 원하던 대로 책을 읽어내었다고 쳐보자. 기막힌 인생의 계책, 일거리에 대한 대책을 얻어내고는 册이 곧 策임을 실감하게 될 것이 뻔하다. 그러고는 도서관의 서가, 개인 서재의 책꽂이가 무슨 낙원의 울타리로 보이게도 될 것이다. 우리를 지켜주고 감싸주는 크나큰 보호자가 책이란 것을, 서가며 책꽂이란 것을 뼈저리게 깨닫게 되기도 할 것이라 믿는다.

2) 나의 뮤토스 읽기

그러면 드디어 어떤 결론이 날까? 보나마나다. 누구나 하게 되는 우리의 독서 행위는 册이란 글자의 모든 내력을 두루 포괄하고 있다고 잘라 말해도 좋을 것이다. 그렇다. 내게 책 읽기는 삶의 보호책保護策 갖추기다. 인생을 위한 대책이며 계책을 얻는 것, 그것이 나의 책 읽기다. 요컨대 책 때문에 인생에 대해 대책을 세우고 인생을 살 만한 것으로 만들게 된다.

물론 책이 무서운 채찍질을 가하는 것은 사실이다. 가령, 아우렐리우스 아우구스티누스Aurelius Augustinus의 저 이름난 『참회록』은 그 혼자만의 참회록은 아닐 것이다. 어느 정도는 우리 누구나가 스스로를 내리치는 채찍 노릇을 할 것이다. 책을 읽다가 자신도 모르게 눈물을 흘리며 스스로 자책해본 경험을 가진 사람이 결코 적지는 않을 것이다. 그러니 책은 채찍이 되지 않고는 우리를 위한 훌륭한 대책이 될 수 없다는 것을 시인해야 할 것이다.

이 같은 册의 내력이며 그 함축된 의미가 나의 책 읽기에는 비교적 고루 엉겨 있다고 말하고 싶다. 그렇게 말하고 싶은 게 나의 욕심이다. 가령, 내 평생의 학문 생활과 독서 생활에서 『삼국유사』, 그 한 권이 갖는 비중은 너무나 엄청나다. 그 보배가 없었더라면 내 학문은 진작 폐업했을 테니까 말이다. 『삼국유사』라는 책은 나의 천명이다시피 했다. 그러니 대학에서 가르치고 연구하고 하는 그 기나긴 세월, 근 반세기 동안 내내 내게 『삼국유사』는 '유사'라는 문자 그대로 '남겨진 사실'이라는 뜻을 넘어서 '살아 있는 사실'로서 구실을 다해왔다.

고대 그리스의 학문, 그 지적 탐구가 가졌던 두 개의 시선은 하나는 철학, 하나는 신화였다. 양쪽이 다 우주와 세계, 인간에 대한 탐구라는 점은 다를 바 없다. 다만 한 쪽이 현상 세계에 대한 합리적인 탐색이라는 데 비해 다른 한 쪽은 눈에 보이지 않는 초월적 세계에 대한 초합리적인 탐색이라는 대조가 있었을 뿐이다. 후자가 곧 뮤토스mythos이거니와 『삼국유사』는 우리의 뮤토스다. 한국인의 집단적 무의식을 캐고, 한국인이 창조해온 원형적 상징을 캐낼 수 있는 어마어마한 광맥이다. 한국인이 글로 읽는 그들 자신의 꿈이기도 한 것이다. 한국인이 누린 초합리적인 탐사며 초월적 사색의 원전이다. 그것에는 한국인의 무의식이 덩치, 덩치로 묻혀 있다. 그러기에 『삼국유사』는 한국인의 고전, 그 위의 고전이다.

그러니 한국의 신화와 한국인의 전통 신앙을 공부하는 나에게 『삼국유사』는 나의 학문을 위한 최대의 대책일 수밖에 없었다. 그러자니 내 삶을 위한, 가장 튼튼한 보호책이었던 셈이다. 그것은 거듭거듭 나의 천명이었다.

조금 속되게, 그래서 아주 솔직하게 털어놓자면, 석일연(『삼국유사』의 저자)의 저서는 나의 '일거리의 일거리'였고 나를 위한 최선의 '밥벌이 중의 밥벌이'였다고 해도 괜찮을 것이다. 그러기에 한국인의 '천명天命' 같고 '천리天理' 같은 『삼국유사』는 내 개인적인 지적 탐구의 생활에서도 천리이고 천명이기도 했다. 이건 두 번 세 번 되풀이 강조해도 지나침은 없을 것이다.

그러나 이 천리이자 천명은 때때로 무서운 감옥이기도 했다. 책을 읽다가 막혔을 때 갑갑해서 죽을 뻔하기도 했기 때문이다. 가령 신라의 첫 왕비인 알영이 태어났을 때, 그 입술이 오리의 부리처럼 길었다는 것, 그래서 부리를 잘라내었다는 대목은 그 의미며 상징성을 처음 캐고 든 내게 절대의 어둠이고 절벽이었다. 그런가 하면 가락 왕국의 수로왕과 관련된 「구지가」라는 짧은 노래 한 수도 처음 대했을 때는 풀 길이 없는 수수께끼였다.

거북아 거북아

모가지 내어 놓아라

아니 내어 놓으면

이 짧은 노래에서 '불에 구워서 먹겠다'는 협박은 그것의 의미를 캐지 못할 때 나 자신을 불태우듯 괴롭히고 들었다. 물론 아직도 이 노래는 내게 수수께끼로 남아 있다. 그래서 『삼국유사』는 군데군데서 너무나 자주 나를 옥죄고 든 감옥 같았다. 목책木柵 정도가 아니라 쇠울타리인 철책이었다. 뜻을 묻고자 넘어오지 말라고 눈을 부라리고 있는 것 같았다. 그건 금기였다.

그러나 조금씩 서투르게나마 풀어나가면서, 그들 금기의 울타리를 풀어헤칠 실마리를 잡아가면서, 나의 막힌 학문에 대한 대책이 서기 시작했다. 그것은 어쩌면 '장애물 경주' 같은 것이었을지도 모른다. 그럴 적마다 아리아드네(그리스 신화에 나오는 크레타 왕 미노스의 딸) 공주가 던져 준 실오라기를 잡고 지하의 미로를 헤집고 든 테세우스 왕자에 관한 그리스 신화가 절로 연상되곤 했다. 정말이다. 지금도 『삼국유사』는 그 많은 대목에서 나의 미로다. 라비린토스(그리스 신화에 나오는 건물. 한번 들어가면 출구를 찾을 수 없도록 아주 복잡하게 설계되었다)다.

그런데 그 미로 헤매기가 없었더라면 나는 진작 『삼국유사』를 내던졌을지도 모른다. 불가사의를 캐는 미로의 동혈洞穴이 깊어지면 깊어질수록 『삼국유사』는 내게 策, 곧 채찍을 들었다. 더 다그쳐서 읽으라고, 더 어렵사리 읽어내라고 다그쳤다. 그건 모진 매질이었다.

그런 끝에 나의 신화학이, 그리고 전통 신앙에 대한 깨달음이 조금씩

길을 찾아갔다. 내 학문의 개인적인 천명이 그리고 천리가 그만큼 열린 것이다. 그것이 드디어는 내 삶의 천명이고 천리가 되었다는 것을 마음 뿌듯하게 자랑하면서 나의『삼국유사』읽기를 마무리 짓고 싶다.

3) 책 읽기, 그 재미, 그 쾌락

㈀ 클로즈 리딩과 심심풀이의 읽기

'책 따라 한평생!'

이 외마디는 잠언箴言일 수도 있고 금언金言일 수도 있다. 교사가 학생에게 일러줄 교훈일 수도 있을 것이다.

요즘 세상에서는 대여섯 살에 이미 만화를 읽는다. 이어서 동요며 동화를 읽게 된다. 초등학교에 들어가면 교과서가 생기기 때문에라도 이미 '책 따라 한평생'은 시작된다. 중고등학교에서는 더 말할 게 못 된다. 입학시험에 붙기 위해서도 거의 하루 온종일 책과 씨름해야 할 것이다. 대학에서 책은 곧 생활이고 목숨과 같다. 누구나 책 따라 인생이 좌지우지되는 지경에 파묻히고 만다.

이처럼 각급 학교를 다니는 동안 내내 하게 된 책 읽기는 습관이 되고 삶의 관성慣性이 되면서, 평생 동안 영향을 끼칠 것이다. 성공한 직장인이 되기 위해, 남다른 전문가가 되기 위해 또는 지식이며 인품을 갖출 만큼 갖춘 교양인이 되기 위해서는 성인이 되고 난 뒤에도 '책 따라 한평생'은 절대적인 잠언이 되어야 한다.

종교인이라면 온 평생 성서며 경전이 꼬박같이 따라붙을 것이다. 마침내 숨을 거둘 때에도 성서며 경전을 가슴에 품을 것이다. 교양인으로 자처하는 사람이라면 인성을 닦고 인품을 다듬어서 스스로 인간다움에 보람을 느끼기 위해 '책 따라 한평생'을 실천해갈 것이다. 이래서 우리는 '책 따라 한평생'이 과장 아닌, 실제의 실속 차리는 가르침이고 잠언이라고 해도 좋을 것 같다. 잠언箴言의 '잠'은 대바늘이고 대나무 침이란 뜻이다. 그래서 잠언은 따가운 가르침, 매서운 질책의 한마디라고 할 수 있다. 격언이라는 말과 막상막하의 뜻이다.

　하지만 다같이 '책 따라 한평생'을 된다고 해도 그저 관습으로 그럴 수는 없다. 그저 입버릇으로만 그렇게도 못한다. 절대로 못 그런다. 그럴 때 '책 따라 한평생' 하는 데는 두 가지가 있을 수 있다. 하나는 파적거리로, 심심풀이로 하는 것이다. 노느니 글 읽자, 그런 마음가짐이 될 것이다. 다른 하나는 열성껏, 정성껏 하는 것이다. 다부지게 만사 젖혀놓고 오직 책만 읽자고 드는 것이다. 그리하면 '책 따라 한평생'을 잠언 삼아서 그것을 진짜로 실현하는 게 될 것이다. 그 말을 다그쳐서 마음에 새기기도 할 것이다.

　이 두 가지 마음의 태도는 같을 수가 없다. 전자는 놀기 반, 읽기 반이다. 기왕이면 책 좀 읽고는 시간 보내자는 쪽에 기울 것이다. 시간 여유를 누리면서 들길을 산책하듯이 그 시선이 글 위를 지나갈 수도 있을 것이다. 그러나 이걸 얕보면 안 된다. 느긋하게, 여유만만하게 읽기를 하다 보면 마치 참선하듯이 마음 아늑하게 즐거움을 누리게 되기도 할 것이기 때문이다. 그로써 일상생활에 윤기가 돋기도 할 것이다.

후자는 이와는 좀 다르다. 진지하고 열중하게 될 것이다. 이마에 땀이 송골송골 맺히기도 할 것이다. 온 마음을 바쳐서 몰입하게 될 것이다. 그러면서 낱말 하나하나를 따지듯 짚어나갈 것이고 줄마다 의미를 캐어내면서 읽을 것이다. 이른바 '클로즈 리딩Close reading', 이를테면 '밀착 읽기'의 경지에 깊이 잠기게 될 것이다. 시선을 다부지게 들이박고는 한 자 한 자 보물 캐듯이 읽어가게 될 것이다.

20세기 중반 미국의 문학이론을 주도하면서 세계적으로도 영향을 끼친, '뉴 크리티시즘New criticism', 곧 신비평이 가장 크게 내세운 구호 중 하나가 다름 아닌 클로즈 리딩이다. 시를 감정과 감각, 이를테면 가슴으로 읽기보다는 마치 수학 문제를 풀듯이, 머리와 오성悟性으로 읽기를 주장한 신비평에서 시는 느끼는 게 아니라 따지는 것이었고 캐는 것이었다. 그리하여 클로즈 리딩에서는 책 읽기가 가시밭 헤치기나 크게 다를 게 없을 경지에 다다르기도 했던 것이다.

그런데 다 같이 '책 따라 한평생'을 뇐다고 해도 심심풀이의 읽기는 마음 편할 것이다. 느긋하게, 여유 있게 읽어나갈 것이다. 더러는 길게 누워서 군것질거리를 입에 물고는 늑장을 부리게도 될 것이다. 그러노라면 책 읽기가 숲길의 산보와 같아서 책갈피가 푸른 숲처럼 신선할 것 같다. 읽기를 휴식으로 누리는 그 마음가짐은 스스로 신선이 된 듯한 기분에 젖게 하기도 할 것이다. 바둑 두는 신선이 아니라 책 읽는 신선이 출현하게 될 것이다. 유유자적悠悠自適! 마음에 걸리는 것

없이 유유하게, '세월아 네월아 가라'는 마음으로 책을 대한다면 그것은 독서하는 신선神仙이 아닌지 모르겠다.

이들 극단으로 다른 두 가지 읽기 중 어느 것을 골라야 할까? 어느 한쪽은 금이야 옥이야 하고 다른 한쪽은 보는 둥 마는 둥 해야 하는 걸까? 어느 하나는 꿀 마시듯 하고 다른 하나는 쓰레기 버리듯 해야 하는 걸까?

아니다. 그럴 수는 없다. 이들을 두고서 우리는 흑백론으로 따질 수도 없다. 그런가 하면 OX 가리듯 양자택일을 할 수도 없다. 굳이 그렇게 한다면 그건 어리석은 짓이다. 무엇보다 책들이 눈살을 찌푸릴 것이 뻔하다. 두 갈래 서로 다른 길을 모두 가야 한다. 이 길 가다가는 저 길로 옮겨야 할 것이다. 그러다가 드디어는 두 갈래가 필경 한 가닥으로 모여들지도 모른다.

심심풀이는 그 종류에 따라 또는 무엇으로 그러느냐에 따라 삶에서 여간 큰 구실을 하는 게 아니다. 음악을 심심풀이로 즐길 수 있다. 커피를 끓이고 차를 다리는 것으로 파적破寂, 곧 심심풀이를 하기도 한다. 산책도 그럴 수 있다. 쉬는 날 집에서 하게 되는 작은 목공이나 목수 일은 집안 살림에도 도움을 끼치는 심심풀이다. 이런 건설적인 심심풀이들은 삶을 위한 보탬이 된다. 그런 중에도 책 읽기의 심심풀이는 가장 값지게 생각해야 할 것이다.

안락의자에 다리를 길게 뻗고 누워서 심심풀이 읽기를 즐기다가, 어느 순간 불현듯 고쳐 앉는 경우가 있을 수 있다. 그럴 때 눈길을 책갈피에 화살 꽂듯 하고는 온 세상 다 잊어버리고 책에 열중해본 경험은 특수한 사람만의 특별난 경험은 아니다. 유유자적이 엄청난 집중을 유발하는 바로 그때, 우리는 심심풀이의 읽기를 열중해 읽는 클로즈 리딩과 더불어 찬미해야 할 것이다.

㉡ 산책하듯이, 흥얼대듯이

거듭 심심풀이 읽기의 연장선상에서 '흥 반, 읽기 반의 읽기'를 따져 보자. 놀이가 반이고 읽기가 반이라고 해서 업신여길 수는 없다. 이것을 얕잡아보거나 깔보거나 할 수는 없다. 그건 그것대로 '독서삼매'일 수 있기 때문이다. 물론 내일 학기말 시험을 앞둔 밤에 학생이 '흥 반, 읽기 반' 할 수는 없을 것이다. 그러나 평소라면 같은 학생이 얼마든 '놀기 반, 읽기 반' 할 수 있다.

책을 읽다 보면 책갈피 사이를, 그 행간行間을 눈으로 산책하고 있다는 느낌이 들 때가 있다. 그래서 책이 문득 마을 가까운 숲정이 같다는 생각을 하게 된다. 알맞게 우거진 그 오솔길을 뒷짐 지고 천천히 거닐듯이 책 읽기를 즐기고 있다는 생각을 하게 된다. 그러나 이처럼 읽기를 산책하듯이 할 수 있다고 해서 굳이 서서 읽자는 것은 아니다. 의자에 길게 다리 펴고 편하게 앉을 수도 있지만 그보다 더 달콤한 경지가 있을 수 있다.

그게 바로 '놀이 반, 읽기 반'인데, 이건 누워서 하는 것이 천하일품이다. 이건 사지 펼 대로 펴고는 편안하게 누워서 읽어야만 제격이다. 그게 안성맞춤이다. 더러 사탕이나 쿠키 따위의 군것질거리를 지근지

근 씹어댈 수도 있다. 가벼운 음악이 독서의 반주자가 되면 그야말로 금상첨화다.

그러다가는 언제 책에 홀렸던가 싶게 베갯머리에 책을 엎을 수도 있다. 아니면 읽다가 만 책으로 얼굴을 가리고는 설핏 잠에 빠져도 좋다. 그럴 때 책 냄새, 그나마 종이 냄새와 활자 냄새가 어울려서 피우는 그 실팍한 책의 향내가 풋잠을 익은 잠이 되게 했었다는 것을 우리 누구나 기억하고 있을 것이다. 여름 한낮일수록, 그것도 대청마루 바닥일수록 익은 잠의 단 냄새는 더한층 절실했을 것이다.

아! 책이라는 그 기막힌 수면제여!

얼마나 잠에 빠졌던 걸까? 문득 눈이 뜨인다. 길게 켜는 기지개라니! 몸이 가볍고 머리가 한결 상쾌하다. 몇 번 껌벅대니 눈도 사뭇 산듯하다. 베갯머리에 엎어져 있던 책을 다시 집어 든다. 읽다 만 대목에 다시 눈을 박는다. 아! 그건 헤어졌던 님과의 재회 같은 것! 포옹하듯 읽기가 또 시작될 것이다.

그러니까, 읽기 반, 놀기 반의 책 읽기야 말로 '독서 쾌락주의'의 정수가 될지도 모른다.

ⓒ **읽기의 쾌락주의**

인간에게 쾌락은 참 성가시다. 그 개념을 다 잡아내기가 쉽지 않다. 별의별 게 다 쾌락이란 이름, 향락이란 명분을 쓰고 나부대기 때문이다. 그 품종이 하고많은 만큼 그 질도 매우 별나다. 흥분과 도취가 쾌락의 알맹이인가 하면, 안정과 고요도 유락愉樂이고 열락悅樂일 수 있다. 덥적대고 날치는 게 향락인가 하면, 차분해지고 가라앉는 것이 낙이나 즐거움으로 치부되기도 한다. 극과 극인데, 그 극끼리가 서로 앙숙이다.

한데 독서의 쾌락은 이 양단간을 자유자재로 오고 갈 수 있다. 그것은 독서만이 우리에게 베풀게 될 값진 선물일 것이다. 인생이 베풀 최고요, 지선至善인 선물이다. 흥분의 쾌락과 안정의 유락이 한 데 어울려서 주어질 그 으뜸에 책 읽기의 보람이 자리 잡고 있다. 아우성치는 즐거움이 책 읽기에서 폭포처럼 쏟아질 수 있다. 그와는 달리 숲 그늘의 산들바람이 되어서 우리를 달래줄 책 읽기의 쾌락도 있을 수 있다. 가벼운 쾌락으로 책을 대할 수 있는가 하면 묵직한 즐거움으로서 독서를 대할 수도 있다.

그리스에서 쾌락주의 철학의 길을 개척한 에피쿠로스Epikouros는 이 같은 '쾌락의 양단兩端' 간을 멋지게 넘나들었다. 기생들과의 교분을 즐겼는가 하면, 전원에서 유유자적하면서 산책하고 대화하고 하는 것을 크나큰 낙으로 삼기도 했다고 전해진다. 심지어 수양하고 스스로 품성을 닦는 것도 그와 그의 추종자들에게는 막중한 쾌락이었다. 얼핏 보면 그가 큰 모순을 저지른 것 같다. 그에 대한 당대 그리고 후세의 철학자들의 평가가 들쑥날쑥한 것은 바로 이 때문이다. 하지만 쾌락에도 그 무게의 가볍고 무거움이 있다는 것을, 그래서 인간이 누리는 즐거움에 양단이 있다는 것을 놓치지 말아야 한다.

손수 원두 빻고 갈아서 끓여낸 커피 한 잔이 온 입 안 가득 향내로 번질 때의 그 즐거움! 손에 땀을 쥐고 일에 골몰할 수 있을 때의 그 보람과 기쁨! 둘 다 우리 쾌락의 보배다.

사랑하는 이와 푸른 들길을 걷는 그 기쁨! 마라톤 경주에서 승리한 선수의 그 기쁨! 즐거움의 구슬 알로는 둘 다 마찬가지다.

그렇다. 책 읽기, 글 읽기의 즐거움에도 바로 이 양단이 있기 마련이다. '놀기 반, 읽기 반'의 독서와 '진지한 읽기'의 독서는 서로 등지고 있는 한편, 서로 또 손잡을 수 있기도 한 것이다. 양쪽 다 우리의 쾌락, 우리의 향락일 수 있다는 것을 특별히 유념하고 싶다. 하지만 오늘날 부분적으로라도 독서가 괴로운 것, 재미없는 것으로 박대 받고 있는 딱한 현실을 보면서 뭐라고 결론지어야 하는 걸까?

오늘의 상황에서 글 읽기도 '엔터테인먼트'일 수 있다는 것이 받아들여져야 한다. 그렇다면 생활에 쫓기고 있는 고달픈 사람들을 위해서는 '놀이 반, 읽기 반'의 독서가 조금 더 강조되어야 하는 게 아닌지 모르겠다. 우리 다 함께 책 읽는 쾌락주의자가 되었으면 한다. 그런 뜻으로는 스마트폰이 오늘날 새로운 독서의 천사가 될지도 모른다. 스마트폰을 잘만 이용하면 움직이는 책이 될 수 있다. 아니 움직이는 도서관이 될 수도 있다. 산책하는 푸른 걸음으로 스마트폰을 '독서'할 수 있다. 모르긴 해도 가까운 장래에 굳이 읽고 싶은 내용을 골라서 클릭하면, 꼭 바라는 그 대목이 문득문득 스마트폰에 떠오르게 될 것이다. 그렇게 해서 스마트폰 독서가 따로 새로운 시대의 책 읽기를 대표하게 되기도 할 것이다.

셋째 대목

읽기의
실제 전략 전술

읽기는 갖가지,
별의별 것을 다 읽는 법.
한데도 글과 책 읽기야말로
읽기의 으뜸,
그리고 종장.

큰 그물 치기: 대의 읽어내기

읽기는 평생에 걸친 일이다. 그런데 읽기는 먼저 학교에서 교실에서 수련하고 훈련받게 된다. 학교 공부는 거의 90퍼센트가 읽기다. 초등, 중등, 고등학교 같으면 국어 시간뿐만 아니라 모든 과목의 수업이 읽기라고 할 수 있다. 대학 입시의 경우라면 언어나 논술 영역에서 읽기의 비중은 거의 절대적이다. 학교에 다닌다는 것은 읽기를 하러 다니는 것과 같다. 한 시대 전만 해도 젊은 한동안의 사랑조차 '연애편지 읽기'였다. 오늘날에는 스마트폰 읽기일지도 모른다.

그러나 읽기는 학교나 교실에서만 하는 것은 아니다. 집에서도, 일터에서도 읽고 버스나 전철 속에서도 읽고 있다. 오늘날에 사용하는 모바일을 떠올린다면 거리에서 길을 걸으면서도 읽기 마련이다. 요즘 세상에서 읽기는 매우 다양해지고 있다.

이 모두가 읽는 행위이지만, 글만을 또는 책만을 읽는 게 아니다. 오늘날에는 인터넷을 읽고 이메일을 읽고, 페이스북이며 트위터를 읽는 비중이 책을 읽는 비중보다 훨씬 커지고 있다. 그래서 또한 일상생활에서 읽기의 몫도 커진다. 오늘의 우리는 '읽는 사람'이다. 읽는 것이야말로 최고의 인간 조건의 하나다. 읽는 것은 인간이 인간다울 수 있는 기틀이며 근거다. 그 정도가 날로 더해지고 심화되고 있다.

그런가 하면 글과 책, 그리고 인터넷과 이메일 등만이 읽기의 대상으로 끝나는 것이 아니다. 앞에서 누차 말했듯이 우리는 남들의 눈치를 읽고 마음을 읽곤 한다. 그뿐 아니다. 사물을 읽는다. 자연을 읽고 세계를 읽는다. 그게 바로 사는 것이다. 사는 것에서 읽는 것의 구실은 너무나 크다. 갈잎을 밟으면서는 늦가을을 듣고 또 읽는다. 어제까지 고드름이 달려 있던 처마 끝에 빗방울이 어린 것에서는 돌고 도는 계절의 순환을 읽는다.

그럼에도 역시 읽기의 으뜸은 글 읽기고 책 읽기다. 앞의 첫째 대목에서 읽기의 이모저모를 따져본 뒤를 이어 이제 본격적으로 글 읽기와 책 읽기에 가까이 다가가 볼까 한다. 그중에서도 대의를 잡아내는 것에 초점을 맞추고자 한다.

'대의大意'는 흔히 '아우트라인outline'이라고도 한다. 글 한 편의 전체 요점을 두루 살리면서 줄여 잡은 것이 대의다. 한 편의 글이 앞, 중간, 마무리에 걸쳐 펴 내보이는 내용을 요약해서 잡아낸 것이 다름 아닌 대의다. 한 편의 글의 큰 테두리라고 해도 괜찮을 것이다. 글 읽기는 우선 대의 잡기나 대의 읽기로 시작되어야 한다.

(보기 A)

호수니 무바라크 이집트 대통령이 11일 권력을 군에 넘겨주고 대통령직에서 물러났다고 오마르 술레이만 부통령이 밝혔다.

술레이만 부통령은 이날 국영 TV를 통해 "무바라크 대통령이 이집트 공화국 대통령직을 떠나기로 결심했다"며 "그는 군 최고 위원회에 국가 운영을 위임했다"고 발표했다.

무바라크 대통령의 퇴진 소식이 전해지자 이집트 민주화 운동의 중심지인 카이로 타흐리르(해방) 광장에 모인 시민 수십만 명은 "국민이 체제를 무너뜨렸다"며 일제히 환호성을 지르며 시민혁명의 성공을 자축했다. 이집트 시민들은 거리로 쏟아져 나와 국기를 흔들며 무바라크 대통령의 퇴진을 축하했고, 시내를 지나는 자동차들은 경적을 울리며 축제 분위기를 연출했다.

이집트 야권 지도자 중 한 명인 모하메드 엘바라데이 전 국가원자력기구(IAEA) 사무총장은 "이집트가 수십 년간의 억압에서 해방됐다"며 "오늘은 내 생애 가장 기쁜 날"이라고 소감을 밝혔다.

(≪문화일보≫, 2011년 2월 12일자)

이 보기의 글을 읽을 때, 우선 큰 그물을 던져서 글 전체의 테두리를 잡아야 한다. 그래서 글 전체가 통틀어서 무슨 말을 하고 있는지 그 대의를 잡아내야 한다. 한 번에 그치는 수도 있겠지만 두세 번 읽어야 할 수도 있을 것이다.

'무바라크 대통령이 물러난 다음 이집트 국민들은 모두 환호했다. 그리고 야권 지도자 또한 기뻐해 마지않았다.'

이 정도로 글의 대의가 잡힐 것이다. 이처럼 한 편의 글의 대의를 잡아낼 때,

1) 글의 요점

2) 글의 부분들의 이음새

이 두 가지를 염두에 두어야 한다. 물론 이들 두 가지는 서로 맞물려 있을 것이다.

또 다른 그물 치기:
대의 잡기의 또 다른 본보기

잎에서 다루어진 보기의 글은 신문기사라서 읽기도 쉽고 대의 잡아내기도 수월한 편이다. 이제 조금 더 까다로운 다른 종류의 글에서 대의 잡기를 해볼까 한다.

(보기 B)

그림이나 조각을 미술이라고 한다. 아름다움을 만들어내는 기술이기 때문에 미술이라는 이름이 붙은 것이다.(1)

그렇다면 시인과 소설가와 수필가 역시 미술가라고 바꿔 불러도 좋겠다. 문인도 아름다움을 만들어내는 기술자이기 때문이다. 이효석의 「메밀꽃 필 무렵」은 가장 아름다운 풍경을 잘 그려낸 대표적인 소설이다. 정비석의 「산정무한」은 금강산을 실제보다 더 아름답고, 화가들의 그림보다

더 아름답게 표현하려고 한 수필이다.(2)

그런데 문인들은 이런 것 이외에 더 값진 차원의 미를 추구해나간다. 윤동주의 「별 헤는 밤」은 가을밤 하늘의 풍경으로서도 아름답지만 그 시가 전쟁과 죽음이 없는 좋은 세상을 만들기 위해서 십자가를 지고 험한 길을 떠나려고 한 젊은이의 마지막 유서 같은 것이기 때문에 참으로 아름답다. 이것은 결국 그가 후쿠오카 감옥에서 송몽규와 함께 옥사할 운명을 예고한 것이었지만 이런 경지까지는 아니라도 모든 문학은 아름다운 인생, 아름다운 세상을 찾아나가는 기능을 지닌다.(3)

이런 창작 행위는 이런 세상을 만들기에 참여하는 것이며 이 아름다움은 어떤 화가나, 조각가나, 음악가나, 배우들도 해낼 수 없는 고귀한 경지에까지 도달하는 것이므로 문인은 미술가보다 더 미적일 수 있다.(4)

우리는 이 세상에 태어날 때부터 항상 거짓으로 기만당하고 우롱당하는 구조 속에 갇혀 산다. 그러므로 이 세상은 끊임없이 아름답게 리모델링하며 살아야 한다. 그런데도 그 악취와 꼴불견에 대하여 아무 불편이 없는 사람이라면 물론 문학을 하지 않고 살아도 좋을 것이다. (5)

(김우종, 「세상은 아름답게」, ≪현대수필≫ 2011년 봄호, 273쪽, 문단
끝의 숫자는 인용자가 넣음)

에세이라고 부르기 딱 좋은 이 '보기 B' 글에서 그물 치기로 잡은 대의는 어떻게 될까? 모두 다섯 개의 문단의 이음새를 따지면서 전체를 하나로 묶어 그 큰 뜻을, 그 테두리를 집어내야 한다.

'미술은 아름다움을 만들어내는 기술인데, 문학도 이와 마찬가지일 테지만, 미술보다 더 아름답다. 문학은 이에 더하여 아름다운 인생과 세상을 찾아가는 기능을 지니고 있다. 이렇듯이 아름다운 세상 만들기에 참여하는 문학은 미술보다 더 아름답다. 한데 세상을 리모델링하기를 바라지 않는 사람이면 문학은 소용없을 것이다.'

대충 이렇게 대의가 잡힐 것이다. 그런데 더 바싹 줄이면 어떻게 될까?

'미술이나 문학이나 아름다움을 만들어낸다. 그런데 문학은 이에 더하여 아름다운 인생과 세상을 찾아 나서고 있기에 문학은 미술보다 더 미술적이다. 그런데 관심 없는 사람은 문학을 하지 않아도 좋을 것이다.'

이 경우 역시 대의를 집어내는 데는 글의 요점과 글의 이음새가 큰 구실을 하고 있다.

3

다시 또 다른 그물 치기

내친 김에 다시 또 다른 보기의 글에서 대의 잡기를 해볼까 한다.

(보기 C)

옛날에 절묘하다고 세상에 전해진 그림이 있었다. 장송長松 아래 한 사람이 고개를 들어 소나무를 올려다보는 모습이 마치 살아 있는 듯하여 천하의 명화로 일컬어졌다. 처사 안견安堅이 보고 말했다. "그림이 묘하기는 하다. 다만 사람이 고개를 올려보면 목뒤에 반드시 주름이 잡히는 법이다. 이 그림에는 그것이 없으니 뜻을 크게 잃었다." 이로부터 버린 물건이 되었다.(1)

또 묘필妙筆로 일컬어진 오래된 그림이 있었다. 늙은이가 손자를 안고 숟가락으로 밥을 떠먹이는 그림이었다. 성종대왕께서 이를 보고 말씀하

셨다. "그림은 좋지만, 사람이 어린아이에게 밥을 먹일 때는 반드시 자기 입이 절로 벌어지는 법이다. 이 그림은 다물고 있으니 크게 실격이다." 이로부터 아무도 거들떠보지 않는 그림이 되고 말았다.(2)

　『어우야담』에 나오는 이야기다. 두 그림 모두 기교로 보아서는 이미 정점에 도달해 있었다. 다만 사소하다면 사소할 수도 있는 목뒤의 주름과 자기도 모르게 벌어진 입에 대한 관찰을 화가는 놓치고 말았다. 그러나 정작 화가가 놓친 것이 낙락한 소나무의 기상을 우러르는 선비의 마음과 손자에게 한 숟가락이라도 더 먹이고자 하는 할아버지의 마음이고 보니, 그것은 결코 사소한 실수라 할 수 없다. 호리毫釐의 차이가 천 리의 현격한 거리를 낳는다. 이 이야기들은 기교가 아무리 뛰어나도 그 속에 예리한 관찰과 예술가의 정신이 없다면 아무 쓸모가 없다는 교훈을 전달한다. 유몽인은 다시 이렇게 덧붙인다. '무릇 그림과 문장이 무엇이 다르겠는가. 한번 본의를 벗어나면, 제 아무리 화려하게 꾸민 문장이라 해도 식자는 취하지 않는다. 오직 안목 갖춘 자만이 능히 이를 알 것이다.'예술 작품의 감상은 바로 이 호리의 차이를 변별하는 안목을 기르는 것이다.(3)

(정민,『한시 미학 산책』, 휴머니스트, 2010, 56쪽)

　인용된 글이 좀 길어서 쉽게 대의가 잡히지 않을 것처럼 느껴지기도 할 것 같다. 그러나 겉보기와는 다르게 비교적 쉽게 잡히게 되어 있다. 두 편의 그림을 보기로 들면서, 예술 작품에서 문제될 어떤 치명적인 결함에 대해 얘기하고 있다는 점이 우선 눈에 들 것 같다.

(1)과 (2)는 바야흐로 내보일 일정한 주장 또는 명제命題를 뒷받침할 논거를 들어 보이고 있다는 것이 쉽게 눈에 띌 것이다. 그 줄을 따라서 꼼꼼히 읽어나가면, 다음과 같이 전체가 요약되어서 잡힐 것이다.

'장송 그림이나 늙은이가 손자를 안고 있는 그림이나 좋은 작품이긴 해도 결정적인 결함이 있는데, 그것은 예리한 관찰과 예술가의 정신을 나타내지 못한 점이다.'

이렇게 글의 대의를 잡는 것은 모든 글 읽기의 첫걸음이고 첫 삽질이다. 대의를 잘못 잡아내거나 못 잡아내면, 글 읽기는 길을 잃게 된다.

4

죄어들기로 읽기

큰 그물을 쳐서 대의를 잡아내고 나면, 다음은 대의를 염두에 두고는 글 속에서 몇 개의 단락을 하나하나 캐고 들어야 한다. 그물을 쳐서 큰 테두리를 잡아낸 다음, 작은 대목들에 관해 옥죄기를 하는 셈이다.

이 옥죄기 읽기는 각 단락별 주제문, 이를테면 '문단 주제문'을 잡아내는 것을 그 목적으로 삼는다. 문단 주제문은 영어로는 '토픽 센턴스 Topic Sentence'라고 한다.

문단은 두괄식, 중괄식, 미괄식, 쌍괄식으로 나뉘는데, 이것들은 차례대로 주제문이 문단 맨 앞에 있는 경우, 한복판에 있는 경우, 맨 끝에 있는 경우, 맨 앞과 맨 끝 양쪽에 있는 경우다.

(보기 A)

호수니 무바라크 이집트 대통령이 11일 권력을 군에 넘겨주고 대통령직에서 물러났다고 오마르 술레이만 부통령이 밝혔다.(1)

술레이만 부통령은 이날 국영 TV를 통해 "무바라크 대통령이 이집트 공화국 대통령직을 떠나기로 결심했다"며 "그는 군 최고 위원회에 국가 운영을 위임했다"고 발표했다.(2)

무바라크 대통령의 퇴진 소식이 전해지자 이집트 민주화 운동의 중심지인 카이로 타흐리르(해방) 광장에 모인 시민 수십만 명은 "국민이 체제를 무너뜨렸다"며 일제히 환호성을 지르며 시민혁명의 성공을 자축했다. 이집트 시민들은 거리로 쏟아져 나와 국기를 흔들며 무바라크 대통령의 퇴진을 축하했고, 시내를 지나는 자동차들은 경적을 울리며 축제 분위기를 연출했다.(3)

이집트 야권 지도자 중 한 명인 모하메드 엘바라데이 전 국가원자력기구(IAEA) 사무총장은 "이집트가 수십 년간의 억압에서 해방됐다"며 "오늘은 내 생애 가장 기쁜 날"이라고 소감을 밝혔다.(4)

(≪문화일보≫, 2011년 2월 12일자)

이 글에서 첫 단락은 한 개의 문장이기에 주제문이고 뭐고 따로 따질 게 없다. (2)문단 역시 하나의 문장으로 되어 있는데, (1)문단을 조금 더 자세히 풀고 있는 것뿐이다. 그것은 (1)과 (2)문단이 같은 주제를 가지고 있음을 의미할 것이다. 신문기사라서 한 문단이 하나의 문장으로 되어 있다고 보인다. (3)문단은 조금 길고 또 두 개의 문장으로 엮어져 있지만, 앞의 문장이 보다 더 요약된 글이라서 첫 문장이 (3)문단의 주제문을 이루고 있다고 생각된다. (4)문단도 하나의 문장으로 되어 있어서 그 자체가 단독으로 문단 주제문이 될 것이다.

이 보기처럼 한 문장이 한 단락을 이루고 있을 때는 그 문장을 바싹 줄여서 문단 주제문으로 삼는 게 바람직할 것이다. 하지만 다음의 보기 B는 그렇게 호락호락하지는 않다. 앞에서 대의 잡기를 할 때 이미 읽은 글인데도 만만치 않다.

(보기 B)

그림이나 조각을 미술이라고 한다. 아름다움을 만들어내는 기술이기 때문에 미술이라는 이름이 붙은 것이다.(1)

그렇다면 시인과 소설가와 수필가 역시 미술가라고 바꿔 불러도 좋겠다. 문인도 아름다움을 만들어내는 기술자이기 때문이다. 이효석의 「메밀꽃 필 무렵」은 가장 아름다운 풍경을 잘 그려낸 대표적인 소설이다. 정비석의 「산정무한」은 금강산을 실제보다 더 아름답고, 화가들의 그림보다 더 아름답게 표현하려고 한 수필이다.(2)

그런데 문인들은 이런 것 이외에 더 값진 차원의 미를 추구해 나간다. 윤동주의 「별 헤는 밤」은 가을밤 하늘의 풍경으로서도 아름답지만 그 시가 전쟁과 죽음이 없는 좋은 세상을 만들기 위해서 십자가를 지고 험한 길을 떠나려고 한 젊은이의 마지막 유서 같은 것이기 때문에 참으로 아름답

다. 이것은 결국 그가 후쿠오카 감옥에서 송몽규와 함께 옥사할 운명을 예
고한 것이었지만 이런 경지까지는 아니라도 모든 문학은 아름다운 인생,
아름다운 세상을 찾아나가는 기능을 지닌다.(3)

　이런 창작 행위는 이런 세상을 만들기에 참여하는 것이며 이 아름다움
은 어떤 화가나, 조각가나, 음악가나, 배우들도 해낼 수 없는 고귀한 경지
에까지 도달하는 것이므로 문인은 미술가보다 더 미적일 수 있다.(4)

　우리는 이 세상에 태어날 때부터 항상 거짓으로 기만당하고 우롱당하
는 구조 속에 갇혀 산다. 그러므로 이 세상은 끊임없이 아름답게 리모델링
하며 살아야 한다. 그런데도 그 악취와 꼴불견에 대하여 아무 불편이 없는
사람이라면 물론 문학을 하지 않고 살아도 좋을 것이다.(5)

(김우종, 「세상은 아름답게」, ≪현대수필≫ 2011년 봄호, 273쪽)

　(1)문단은 두 개의 문장으로 되어 있는데, 그 둘을 합쳐서 문단의 주
제를 잡아내면 될 것이다. 그래서 ‘미술은 아름다움을 만들어내는 기
술이다’가 (1)문단의 문단 주제문을 이루고 있다.

　네 개의 문장으로 되어 있는 (2)문단은 주제문을 제시하는 부분과
이를 보완해서 보기를 드는 부분으로 나뉘어 있다. ‘문인도 아름다움
을 만들어내는 기술자’를 문단 주제문으로 보면 될 것이다.

　(3)문단은 조금 더 복잡하게 엮여 있다. 첫 문장에서 주제를 내세우
고는 그다음 두 문장에서 보기를 든 다음, 마지막 셋째 문장의 끝을 물
고는 첫 문장에서 내보인 주제를 구체화한다. ‘문인들은 더 값진 차원의

것, 아름다운 인생과 세상을 찾아나가는 기능을 지닌다'가 곧 문단 주제
문을 이루고 있다. 쌍괄식雙括式 문단의 보기가 될 것이다.

(4)문단은 하나의 문장으로 이루어져 있으니 새삼 주제문을 따로
잡아낼 필요는 없고, 다만 요약만 하면 된다. '문인은 미술가보다 더
미적일 수 있다'가 곧 문단 주제문으로 떠오를 것이다.

마지막 (5)문단도 단 두 문장으로 엮어져 있기에 주제문을 잡아내
는 데 어려움은 없을 것이다. 두 번째 문장을 요약하는 것으로 충분할
것이다. '세상의 악취와 꼴불견을 불평 없이 살 수 있는 사람은 문학
없이도 살 수 있다'가 주제문으로 잡힐 것이다.

그런가 하면 거듭 보이게 되는 다음 보기의 글 C에서는 또 다른 절
차를 밟아야 한다.

(보기 C)

옛날에 절묘하다고 세상에 전해진 그림이 있었다. 장송長松 아래 한 사
람이 고개를 들어 소나무를 올려다보는 모습이 마치 살아 있는 듯하여 천
하의 명화로 일컬어졌다. 처사 안견安堅이 보고 말했다. "그림이 묘하기는
하다. 다만 사람이 고개를 올려보면 목뒤에 반드시 주름이 잡히는 법이다.
이 그림에는 그것이 없으니 뜻을 크게 잃었다." 이로부터 버린 물건이 되
었다.(1)

또 묘필妙筆로 일컬어진 오래된 그림이 있었다. 늙은이가 손자를 안고
숟가락으로 밥을 떠먹이는 그림이었다. 성종대왕께서 이를 보고 말씀하

셨다. "그림은 좋지만, 사람이 어린아이에게 밥을 먹일 때는 반드시 자기 입이 절로 벌어지는 법이다. 이 그림은 다물고 있으니 크게 실격이다." 이로부터 아무도 거들떠보지 않는 그림이 되고 말았다.(2)

『어우야담』에 나오는 이야기다. 두 그림 모두 기교로 보아서는 이미 정점에 도달해 있었다. 다만 사소하다면 사소할 수도 있는 목뒤의 주름과 자기도 모르게 벌어진 입에 대한 관찰을 화가는 놓치고 말았다. 그러나 정작 화가가 놓친 것이 낙락한 소나무의 기상을 우러르는 선비의 마음과 손자에게 한 숟가락이라도 더 먹이고자 하는 할아버지의 마음이고 보니, 그것은 결코 사소한 실수라 할 수 없다. 호리毫釐의 차이가 천 리의 현격한 거리를 낳는다. 이 이야기들은 기교가 아무리 뛰어나도 그 속에 예리한 관찰과 예술가의 정신이 없다면 아무 쓸모가 없다는 교훈을 전달한다. 유몽인은 다시 이렇게 덧붙인다. '무릇 그림과 문장이 무엇이 다르겠는가. 한번 본의를 벗어나면, 제 아무리 화려하게 꾸민 문장이라 해도 식자는 취하지 않는다. 오직 안목 갖춘 자만이 능히 이를 알 것이다.' 예술 작품의 감상은 바로 이 호리의 차이를 변별하는 안목을 기르는 것이다.(3)

(정민,『한시 미학 산책』, 휴머니스트, 2010, 56쪽)

미술평론이라고 규정해도 좋을 글로, 비교적 긴 편이다. 글이 길다 보면 대의 잡기는 물론이고 단락 주제문 잡기에서도 우선 어려움을 느끼게 될 것이다. 그럴수록 꼼꼼히 거듭해 읽으면서 문단 주제문을 잡아내도록 해야 하는데, 그 결과로 다음과 같이 우선 두 개 문단의 주제문이 잡힐 것이다.

(1)문단 ― 장송 그림에 잃은 점이 있다.

(2)문단 ― 늙은이가 손자를 안고 있는 그림에는 실격이 있다.

이들 두 문단에서는 주제문 찾기가 쉬운 편이다. 하지만 (3)문단은 모두 아홉 개의 문장으로 된 긴 글인 만큼, 주제문 잡기가 조금은 성가시다. 형식상으로는 하나의 문단이지만, 실질적으로는 두 개의 문단으로 나뉠 수 있다. 우리가 글을 읽다 보면 이런 경우에 자주 부딪치게 되는데, 이와 같은 문단을 '복합문단'이라고 이름 지을 수 있을 것이다. 글 쓰는 처지에서는 되도록 복합문단은 피하는 게 좋을 것이다.

『어우야담』에 나오는 이야기다. 두 그림 모두 기교로 보아서는 이미 정점에 도달해 있었다. 다만 사소하다면 사소할 수도 있는 목뒤의 주름과 자기도 모르게 벌어진 입에 대한 관찰을 화가는 놓치고 말았다. 그러나 정작 화가가 놓친 것이 낙락한 소나무의 기상을 우러르는 선비의 마음과 손자에게 한 숟가락이라도 더 먹이고자 하는 할아버지의 마음이고 보니, 그것은 결코 사소한 실수라 할 수 없다. 호리毫釐의 차이가 천 리의 현격한 거리를 낳는다.

이 이야기들은 기교가 아무리 뛰어나도 그 속에 예리한 관찰과 예술가의 정신이 없다면 아무 쓸모가 없다는 교훈을 전달한다. 유몽인은 다시 이렇게 덧붙인다. '무릇 그림과 문장이 무엇이 다르겠는가. 한번 본의를 벗어나면, 제 아무리 화려하게 꾸민 문장이라 해도 식자는 취하지 않는다.

오직 안목 갖춘 자만이 능히 이를 알 것이다.'예술 작품의 감상은 바로 이 호리의 차이를 변별하는 안목을 기르는 것이다.

(3)문단은 위에서 보인 것처럼 사실상 두 문단으로 나뉠 수 있다. 『어우야담』에 나오는 이야기다'에서 '호리의 차이가 천리의 현격한 거리를 낳는다'까지가 실질적으로 한 문단을 이룰 것이고, 그 아랫부분, 곧 '이야기들은 기교가 아무리 뛰어나도'에서 끝까지가 실질적으로는 두 번째 문단을 이루고 있다고 보인다. 그래서 앞의 문단에서는 '(미술 작품에서) 호리의 차이가 천리의 현격한 거리를 낳는다'가 주제문을 이루고 있다. 뒤의 문단에서는 '예술 작품의 감상은 바로 이 호리의 차이를 변별하는 안목을 기르는 것이다'가 주제문을 이룬다고 보인다. 하지만 구태여 이들 둘 가운데서 궁극적인 주제문 하나만을 고른다고 치면 나머지 글과 견주었을 때는 아무래도 뒤의 것이 될 것이다.

5

파고들기로 읽기

한 편의 글을 두고서 첫째, 대의를 읽는다. 그리고 둘째로, 문단을 읽고 문단 주제문을 잡아낸다. 이 순서는 꼭 밟아야 한다. 그것은 자연경관이나 풍치를 바라보는 것과 절차가 비슷하다. 가령 산봉우리에서 먼 경관을 지켜볼 때, 또는 해변에 서서 섬들이 띄엄띄엄 자리 잡은 먼 바다를 내다볼 때, 우리는 어떻게 보게 될까?

우선은 먼 데 바라기를 한다. 시계視界 가득, 한눈에 드는 크고 넓은 풍광을 조망하게 된다. 자연 풍경의 전체 모습, 곧 대의를 잡는 셈이 될 것이다. 그런 다음 찬찬히 산들의 능선과 계곡을 낱낱이 살필 것이다. 바다라면 섬들의 모습과 건너편 물가의 산 그림자를 살피게 될 것이다. 자연 풍광의 문단을 읽는다고 비유해서 말해도 좋을 것 같다.

남이나 사람을 볼 때도 크게는 다를 바 없다. 먼저 그 사람의 전체

풍모며 풍채를 볼 것이다. 전체 인상을 읽어내면서 사람의 대의를 읽을 것이다. 그리곤 팔다리의 몰골이며 얼굴의 모습 그리고 눈빛을 보면서 그 사람의 문단을 읽을 것이다.

여기까지가 글 읽기의 그물 치기고 죄어 읽기다. 그게 끝나고 나면 바야흐로 파고들기의 읽기를 할 차례다. 읽기의 세 번째 단계에 들어서게 된다.

파고들기는 첫째, 그물 치기에서 꾸려낸 대의와 둘째, 죄어 읽기에서 잡아낸, 주어진 글의 몇 개의 문단 주제문, 이 두 가지를 발판 삼아서 하게 된다. 이를 통해 문단과 문단 사이의 관계를 잡아내는 것이 파고들기로 읽기의 목적이고 또 구실이다. 이런 문단의 연계連繫, 곧 문단과 문단의 관계 또는 이음새(아니면 엮음새)로는 세 가지가 있다. 그것은,

발전(-), 보충(~), 동격(=)

세 가지다. 이 가운데서

• 발전(-)은 앞서 있는 문단을 발판 삼아서 뒤의 문단이 이어짐을 가리키고,

• 보충(~)은 뒤에 있는 문단이 앞에 있는 문단을 뒷받침해줌을 의미한다.

• 동격(=)은 바로 앞뒤 두 문단이 같은 내용이나 주장을 반복함을 가리킨다.

그리하여 한편의 글이 가령 세 문단으로 이루어져 있다고 치면, 그

래서 문단끼리의 관계가 잡히면, 그 관계는

1 - 2 - 3 : 1 - 2(발전) - 3(발전)

1 - 2 ~ 3 : 1 - 2(발전) ~ 3(보충)

1 - 2 = 3 : 1 - 2(발전) = 3(동격)

1 = 2 ~ 3 : 1 = 2(동격) ~ 3(보충)

1 ~ 2 = 3 : 1 ~ 2(보충) = 3(동격)

1 = 2 = 3 : 1 = 2(동격) = 3(동격)

(1 ~ 2) - 3 : (1 ~ 2(보충)) - 3(발전)

(1 = 2) - 3 : (1 = 2(동격)) - 3(발전)

1 ~ 2 ~ 3 : 1 ~ 2(보충) ~ 3(보충)

등 최소한 아홉 가지로 구분될 것이다. 3단 구성에서만도 이같이 다양한데 4단 구성이 되면 더욱 더 복잡해질 것은 뻔하다.

　이런 방식을 따라서 앞의 절에서 인용된 A, B, C 세 가지 글의 문단 이음새를 짚어내면 어떻게 될까?

보기 A : (1 = 2) - 3 : (1과 2 동격) - 3(발전)

보기 B : 1 - 2 - 3 - 4 ~ 5 : (1 - 2 - 3 - 4 계속 발전, 4 ~ 5(보충))

　보기 A와 B에서는 문단의 이음새를 잡아내기가 비교적 손쉽다. 하지만 보기 C는 제법 성가시다.

보기 C : (1 = 2) - 3 : (1과 2 동격) - 3(발전)

일단 이와 같이 될 것이지만, 앞에서 지적한 대로 3을 두 문단으로 나누어서 보기 C 전체를 네 문단으로 잡게 되면,

(1 = 2) - 3 - 4 : (1과 2 동격) -3(발전) -4(발전)
또는
(1 = 2) - 3 = 4 : (1과 2 동격) -3(발전) =4(동격)

와 같이 문단의 엮음새가 잡힐 것이다.

이상에서 따져본 것을 발판 삼아서 이제 또 다른 보기의 글을 읽으면서 문단의 엮음새를 거듭 구체적으로 짚어볼까 한다.

기생 하면 보통 황진이를 떠올린다. 소설로, 영화로, 텔레비전 드라마로, 황진이는 기생의 대표적인 이미지로 일반에 각인되었다.

당대 최고의 기생으로 권력자 앞에서 당당했고, 뚜렷한 자의식을 가지고 사랑에 헌신했다. 황진이가 보여준 기생은 창녀가 아니라 예술가였고 남성의 노리개가 아니라 자기 삶의 주인공이었다.

황진이를 통해 보면 근대인들이 지닌 기생에 대한 부정적인 인식은 일

제강점기에 변질되고 왜곡된 기생상이 투영된 것으로 이해될 수 있다.

(규장각한국학연구원 엮음, 『조선 여성의 일생』, 글항아리, 2010, 140쪽)

이 보기의 글에서 첫째 문단은 얘깃거리를 꺼내고 있는데, 둘째는 말머리를 일으키고 있는, 첫째의 키워드인 '대표적인 이미지'를 물고 는 화제를 구체화하고 있다. 그런 다음 셋째는 마무리를 짓고 있다. 따라서 이들 세 개의 문단은 '1 - 2 - 3 : 1 - 2(발전) - 3(발전)'과 같이 엮 어져 있다고 판단된다.

마무리 읽기, 키워드 잡기

이제까지 1절에서 3절에 걸쳐서 문단 관계를 잡아내 보았다. 여기까지 세 단계를 거치면서 최종적으로는 파고들기로 읽기를 해왔다. 이제 이 4절에서는 드디어 한 편의 글을 마무리 읽기를 할 것이다. 글 전체를 요약하고 전체에 걸친 '키워드'를 꼬집어낼 것이다. 이것이야말로 한 편의 글 읽기의 최종 단계다.

보기 A, B, C를 따로따로 마무리 읽기를 하게 되면 다음과 같이 될 것이다.

A — 무바라크 대통령이 물러나자 이집트 국민과 지도자들은 환호했다.

B — 미술은 아름다움을 만들어내는 기술인데 문학도 마찬가지다..

하지만 문인(문학)은 아름다운 인생과 세상을 만들어낸다.

C ― 예술은 기교가 아무리 뛰어나도 그 속에 예리한 관찰과 정신
이 있어야 한다. 그것은 호리의 차이라도 존중되어야 한다.

이 같은 전체 글의 요약을 이끌어내고 난 다음에는 글 전체에 걸친
키워드를 짚어내는 것이 바람직하다. 그것은 글의 제목이 되기도 할
것이다. 이럴 때는 주어진 글에 직접 나와 있지는 않아도, 글의 요지가
담긴 문구나 어구를 읽는 사람 자신이 지어내게 되기도 할 것이다.

A ― 무바라크의 몰락, 또는 무바라크의 몰락과 이집트 국민
B ― 문학과 인생 창조, 또는 문학의 장점(매력)
C ― 예술의 기교와 정신, 또는 예술 작품의 본질

이제 이와 같은 요약을 깔고 글 전체에 걸친 키워드를 짚어낼 차례
다. 그것으로 글 전체의 제목으로 삼아도 좋을 것이다.

A ― 무바라크의 몰락
B ― 문학의 매력
C ― 예술의 본질

이상과 같은 읽기에 이어서 이제 또 다른 보기의 글을 읽으면서, 그

키워드를 잡아내 볼까 한다.

평일 인사동 골목은 그 얼굴이 그 얼굴이지만 주말만 되면 요술쟁이처럼 늘 새로운 얼굴로 다가온다.

그게 모두 온갖 종류의 잡동사니 가게들 때문이다. 잡동사니 가게들은 도붓장수들이 전을 벌여서 난장을 이루는 덕으로 새로운 물건들이 선을 보이게 마련이다. 붙박이 가게는 늘 같은 상품을 진열해 놓고 단골을 기다리게 된다. 그러나 잡동사니 가게는 뜨내기손님의 눈길을 끌어서 발걸음부터 멈추게 하지 않으면 안 된다. 호기심을 불러일으키지 않는 잡동사니 가게란 없다. 호기심이 나면 사람은 발걸음을 멈추고 눈길을 주게 된다.

인사동 골목길 주말에는 그런 가게들이 옹골차게 많아서 긴긴 골목이 되어 버린다.

(원종성, 『인사동 골목은 좁아야지』, 피쉬, 2009, 45쪽)

이 보기의 글은 내용이 쉬운 만큼 키워드 또한 쉽게 잡힌다. 물론 세 개의 단락마다 그 화제가 조금씩 달라지고 있다. 맨 앞 단락에서는 '주말 인사동 골목은 새로운 얼굴로 다가온다'라는 내용으로 읽히고, 가운데 둘째 단락에서는 '(인사동 골목에서는) 잡동사니 가게가 호기심을 불러일으킨다'고 읽힌다. 마지막 단락에서는 '인사동 골목길은 주말에 긴긴 골목이 된다'라고 읽힌다. 그러나 전체에 걸쳐서는 일관되게 '주말의 인사동 골목'이 내세워져 있음이 아주 쉽게 눈에 들어온다. 조금 더 자상하게는 '주말마다 새로워지는 인사동 골목'이라고 키워드를 잡을 수 있다.

우리는 좋은 독자가 되고 그래서 읽는 글을 제대로 이해하기 위해서 위 네 개의 절에서 보인 바와 같이, 대의 잡기 - 문단 이음새 잡기 - 문단 주제 잡기 - 요지 짚어내기 등을 차례로 해나가야 할 것이다. 그것이 글 읽는 습관이 되어야 한다. 위에서 보인 대로 낱낱이 직접 글로 써서 집어낼 것까지는 없어도, 머릿속에서 마치 수數를 암산하듯이 잡아내고 그려낼 수 있어야 할 것이다.

머릿속에 읽기의 네 절차, 곧 '대의 잡기 - 문단 이음새 잡기 - 문단주제 잡기 - 요지 잡기' 등 네 가지 잡기가 이루어지고 그 전모가 그림처럼 그려져야 할 것이다.

넷째 대목

쓰기 · 짓기의
실제 전략

읽기만큼

짓기, 쓰기도

성가신 것,

하지만 그건

스스로 창조주가 되는 것.

1

글쓰기의 유혹

글쓰기의 유혹에 대해 결론을 내려보자. 글쓰기는 정보를 기록하기 위해 고안되었으나 즉시 이데올로기적 기능도 넘겨받기 시작했다. 제의祭儀를 찬미하고 법을 확정하고 특권을 강조하기 위해 수없이 많은 글이 쓰였다. 글쓰기는 급속하게 권력의 도구가 된다. 대개는 전혀 글을 쓸 줄 모르는 왕들뿐만 아니라 역사가들을 위한 도구가 된다. 이번 전시회는 지식계급의 형성과 특권의 거처로서의 학교의 기원에 관해 많은 점을 가르쳐주고 있다. 글 쓰는 사람들은 스스로를 조직하고, 교육과정을 확립하여 (언어의 수호자인) 자신들이 하는 작업의 어려움과 아름다움 그리고 힘을 미화할 뿐만 아니라 여러 형상을 통해 끊임없이 스스로의 모습을 가꾸어나간다.

(움베르토 에코, 조형준 옮김, 『글쓰기의 유혹』, 새물결, 1994, 102쪽)

이 글은 현대의 기호론과 미학에서 독특한 세계를 빚어낸 이탈리아의 철학자 움베르토 에코Umberto Eco의 것이다. 글이 실린 책의 제목 '글쓰기의 유혹'은 글쓰기가 마치 꽃이 나비를 유혹하는 듯하는 매력이 있음을 일러준다. 글쓰기는 아름다운 젊은 여성처럼 매력에 넘쳐 있음을 말해주는 것이다. 그 가운데, '글쓰기는 정보를 기록하기 위해 고안되었으나 즉시 이데올로기적 기능도 넘겨받기 시작했다'는 대목이 주의를 끌 만하다. 특히 '이데올로기적 기능'이란 말에 주목하게 된다.

이데올로기는 흔히 이념 또는 신념 아니면 주장이라고 번역된다. 쉽게는 생각이나 사상과도 통하는 말이다. 그러나 보통은 정치적인 신념 또는 종교적 이념 등을 의미하는데, 아울러 그런 것들을 크게 내세우고 주장하는 것을 의미하기도 한다. 구호나 선전 아니면 슬로건 등과 뜻이 거의 같은 것도 그 때문이다.

글쓰기가 이데올로기적 기능을 갖추고 있다고 에코가 말할 때, 그는 글쓰기가 쓰는 사람 자신의 주장이나 생각 따위를 남들에게 내세우기 위한 구실을 한다는 것을 의미하고 있는 것 같다. 심지어 억지로라도 남들에게 덮어씌우기 위해서 글쓰기가 활용되기도 한다는 것을 의미하기도 할 것이다. 이것은 어쩌면 글쓰기는 쓰는 사람의 자기선전, 자기 과시를 목적으로 삼게 된다고 고쳐 말해도 될 것 같다.

'어때, 내 생각이!'

'이래도 내 말 안 믿을 거야!'

이런 외침이 글에는 소리 없이 울려퍼지고 있는 셈이다. 그렇다. 글은 그런 목적으로 쓰이기도 한다. 심지어 '나 여기 있소!' 하는 부르짖음이 글에 소리 없이 메아리치기도 할 것이다. 글쓰기는 우리 각자의 자기 존재의 확립이다.

'글 쓴다. 고로 나는 존재한다.'

이러한 외침의 연장선상에서 에코 자신은 "제의祭儀를 찬미하고 법을 확정하고 특권을 강조하기 위해 수없이 많은 글이 쓰였다. 글쓰기는 급속하게 권력의 도구가 된다"라고 말한다. 에코는 그래서 글쓰기가 급기야는 '권력의 도구'임에 대해 힘주어 말하고 있다. 이때, 권력이란 말은 정치권력에 국한된 것이 아니다. 자기주장, 자기 내세우기가 우리 각각의 개인적인 권력의지의 표현이 되는 것인데, 궁극적으로는 자기가 자기임을 확인하는 것을 의미하기도 한다.

자기 인식!

내가 나임을 확인하는 일!

그것이 한 개인에게 궁극적인 권력이고 권력의지이다. 남들 앞에서 뻐기고 우쭐대고 하기에 앞서 자기를 자기로서 인정하고 인식시키는 일이다. 그래서 우리 각자는 비로소 내가 되고 주체가 된다.

우리는 에코가 말하는 '글쓰기의 유혹'을 필경은 이런 뜻의 권력의지에서 찾아야 할 것이다. 내가 스스로 다른 사람 아닌, 나 자신이란 것을 증명하는 길, 그게 글쓰기라는 것을 되새기고 싶다.

글이란 것, 그건 세상이고 세계다

남자의 몸이 되어

무슨 일로 빛을 내리

가깝고 좋은 보배

글밖에 또 있는가

덕행德行도 글에 있고

예법도 글에 있고

영화도 글에 있고

살림도 글에 있고

공명을 이뤄내면

뉘라서 천대하리

이것은 「김金 대비大妃 훈민가訓民歌」라는 제목이 붙은 내방가사, 즉 조선조의 부녀자들이 부른 가사의 일부다. 인생의 모든 값진 것, 인간 행위의 온갖 귀한 것이 모두 글에 있다고 노래하고 있다. 조선 왕조의 23대 왕 순조의 비 김 씨가 지은 것인데, 훈민가라는 제목에서 알 수 있듯이 남성 혹은 부녀자들이 해야 할 일을 이것저것 훈계 삼아 지은 노래다.

그런 게 곧 글의 구실인데, 앞의 절에서 충분히 시사되었듯 글쓰기가 남들과의 대화며 커뮤니케이션을 구실 삼기도 한다는 것은 의심할 여지가 없다. 그럴 때 위에서 에코의 글을 통해 이야기 한 '권력의지'가 거듭 강조되어야 할 것이다. 커뮤니케이션의 주체는 나 자신에게 있을 것이기 때문이다.

글쓰기를 통해 우리 각자는 '세계 내 존재'가 된다. 남들과 어울리고 세상과 더불어서 하나가 된다. 내가 사회 속에서, 또 세상에서 남들을 더불어 사회인으로서, 심지어 세계인으로서 의미 있는 존재가 된다.

새들의 고운 속삭임은 우선은 자기를 실토하는 일이다. 어떤 충동, 일정한 욕구의 자연적인 발동이다. 그러나 그것은 다른 새들과의 교신으로 메아리친다. 수컷과 암컷의 커뮤니케이션이 그리고 어미 새와 아기 새 사이의 통화가 이루어진다. 그로써 새는 남들과 어울리게 된다.

화사하게 핀 꽃을 두고도 비슷한 말을 할 수가 있다. 그 고혹적인 색깔, 그 매력적인 향은 꽃의 언어요 글이다. 자기 존재를 과시하는 것으로 꽃은 눈부시게 피어 있다. 그런데 '나 여기 있소!' 하는 그 색, 그 향으로 나비를 부르고 벌을 유혹한다. 꽃이라는 자아가 나비며 벌이라는 타자와 더불어서 공동체를 이루게 된다.

인간에게 글이 그와 같다는 것은 어김없는 일이다. 그런데 글은 글자나 글씨 없이는 불가능하다. 글자 덕분에 그리고 글씨 덕택에 비로소 글이 있게 된다. 그런데 그 글이란 것이 매우 큰 구실을 도맡아낸다. 인간 존재며 인간 문화에서 결정적인 구실을 도맡아왔다. 글은 입으로 하는 말을 부호로 바꾸어놓은 것에 그치지 않는다. 글은 말이 감당해내지 못할 별다른 구실을 도맡아낸다.

인간은 언어를 통해 사물을 관찰하고 생각한다. 언어를 부림으로써 비로소 생각하게 된다. 생각은 언어의 작용이다. 언어를 엮고 짜고 하는 것이 곧 생각하는 것이다. 그런데 입으로 하는 말을 통해서도 생각을 하게 되지만, 글이란 말을 통해서는 한 차원 더 높게 객체를 관찰하고 또 무엇인가를 생각하게 된다. 입말은 그때그때 순간적이고 즉각적이다. 그래서 깊은 생각, 드넓은 생각이 끼어들 틈을 넉넉하게 주지 않는다. 입말은 즉흥적이기 마련이다. 대개는 인스턴트다.

하지만 글말은 사고며 생각에 기대면서도 거꾸로 사고며 생각을 가다듬고 손보게끔 한다. 그리스 시대 이후로 수사학은 입말을 잘 하게 되는 방법과 이론을 다루어왔다. 그러나 오늘날 현대 수사학이 글말의 수사학으로 바뀌고 만 것은 그 때문이다. 우리는 입말을 바탕에 깔기는 하지만, 그와는 한 차원 더 높게 글말을 다듬고 쓴다. 가령, 각급 위원들의 연설이란 것이 겉으로는 입말이지만, 실속은 글말이다. 원고를 미리 써서 그것을 읽다시피 하는 것이 연설이고 또 웅변인 것이다. 글말이 입말의 바탕이 된 셈이다.

글말에서 글은 기호다. 무엇인가를 가리키고 나타내는, 눈으로 보는 표시고 또 부호다. 그런데 앞에서도 이야기했듯이 언어학에서는 흔히 그 기호를 '시니피앙(시그니파이어)'과 '시니피에(시그니파이드)'로 나누고 있다. 앞의 것은 무엇인가를 가리키고 나타내고 또는 의미하는 것인 데 비해서 뒤의 것은 가리킴을 받는 대상, 나타내지는 것, 의미되는 것을 가리킨다.

가령, '물' 하면 '물' 하는 소리 자체 또는 글자 자체가 시니피앙이고, 그것이 의미하거나 가리키고 있는, 저 개울에 졸졸 흐르는 자연계의 대상은 시니피에가 된다. 그것은 우리가 필경 세계를 시니피앙과 시니피에로 바꾸어서 인지하고 인식한다는 것을 의미한다. 그래서 인간에게는 물체도 세상도 필경은 기호가 되고 만다. 사람들은 기호로서 세계를 보고 물체를 보게 된다.

세상은 결국은 기호다. 필경, 세계는 말이고 글자고 글이다. 입말의 완성, 제대로 된 결실이 글이라고 한다면 우리에게 마침내 세상도 세계도 글이 되고 만다.

3

착상과 구상 그리고 아우트라인

이제 바야흐로 글 짓고, 쓰는 일에 대해서 생각해보기로 하자. 펜을 들어서 또는 키보드를 눌러 글을 실제로 짓자면 무엇보다 먼저 착상 또는 발상을 하게 된다.

'아, 이걸 써야지!'

'그래 맞아, 이건 쓸 만해!'

이런 게 착상이다. 그로써 글 쓰고 짓게 되는 동기가 마련되고 또 단서가 잡히게 된다.

그런 다음, 구상構想을 해야 한다. 한 편의 글 전체에 걸쳐서 무엇을 어떻게 쓸 것인가에 대해서 골똘히 생각해야 한다. 그게 구상이다. 착상을 더한층 격을 높이는 셈이 된다. 그래서 구상은 특정한 글을 쓰기에 앞서 이것저것 두루두루 또 고루고루 미리 생각을 가다듬는 것을 의미한다. 설계도를 그리는 것인데, 그림 그리기로 비유하면 구도構圖를 잡는 일이 될 것이다. 글 전체의 윤곽을 잡는 게 구상이 되는 것이다.

가령, 이른 봄 아직도 찬바람이 세찬데 문득 매화가 핀 것을 보았다고 치자.

'아, 이 추위에 매화가!'

그렇게 마음이 끌리면서,

'저걸 글로 써보아야지'

하고 생각하게 되면 그게 바로 착상 또는 발상이다. 다음 그 발상을 물고는 바야흐로 쓰게 될, 글 전체의 윤곽을 잡는 것, 그게 구상이다. 구상에서는 쓰게 될 글의 내용의 대강이며 테두리를 잡아내게 된다. 한 편의 글이 대충 가지게 될 짜임새를 잡는 일이 곧 구상이라고 해도 좋을 것이다. 그럴 때,

ㄱ) 제재題材 또는 소재

ㄴ) 주제(또는 주제문)와 키워드

를 먼저 정해야 한다.

제재 또는 소재는 글 쓰게 될 재료고 자료이다. 얘기를 주고받을 때 일정한 화제를 놓고 이야기하듯이, 글짓기에서도 이야깃거리가 있게 마련인데, 그런 것이 다름 아닌 곧 소재이다. 제재라고 해도 괜찮다.

소재는 되도록 남다른 것을 고르는 게 바람직하긴 하지만, 그게 손쉬운 것은 아니다. 하고많은 사람이 글을 쓰다 보니, 굳이 남들이 다루

지 않는, 오로지 나 혼자만의 소재를 고른다는 것은 어려운 일이다. 그런데 평범한 제재로도 얼마든지 남다른 주제를 잡아낼 수 있기에 소재가 별나야 한다는 점에는 마음 쓰지 않아도 좋을 것이다. 평소 대화하는 중에 사람에 따라서는 똑같은 화제를 가지고도 별나게 돋보이는 이야기를 끌어내기도 한다는 것을 참고삼으면 좋을 것이다.

소재가 정해지면, 그다음은 주제를 정해야 한다. 한 편의 글의 내용이 가진 알맹이가 곧 주제다. 전체 글의 요점이라고 해도 좋을 것인데, 그 주제를 이루고 있는 낱말이 곧 키워드다. 주제문을 이루고 있는 중요 낱말들로 이루어지는 것이 곧 키워드다.

그런 다음으로,

ㄷ) 아우트라인(개요)

을 마음으로 그려낼 수 있어야 한다. 아우트라인 또는 개요는 바야흐로 쓰게 될 글 전체의 대강이다. 주제를 살리면서 잡은 글 전체의 대강이 곧 아우트라인이다.

위에서 이미 얘기된 바를 두고서 소재, 주제(문), 키워드 그리고 아우트라인을 잡아낸다고 치면 어떻게 될까? 우선, 매화를 소재로 잡은 것이 된다. 그런 다음

'이른 봄날 추위에 매화는 피어난다. 나도 추위에 꺾이지 말고 기운 차리도록 결심해야 할 것이다'

를 주제문으로 삼을 수 있게 될 것이다. 따라서 '매화와 나의 결심'이 키워드를 이루게 될 것이다.

그런 다음에는 아우트라인을 그려내야 한다.

'이른 봄, 우리 집 뜰에는 아직도 얼음이 녹지 않고 있다. 모든 푸나무가 추위에 웅크리고 있는 중에 오직 매화만이 피어나서는 그 은은한 향이 바람 타고 설레고 있다. 나도 늦추위에 주눅 들지 말고 더한층 공부에 열을 올려야겠다.'

주어진 소재와 주제로는 이 정도의 아우트라인을 꾸밀 수 있을 것이다. 이렇듯이 아우트라인에는 전체 글이 가질 문단의 수와 그 이음새가 잡혀 있어야 한다. 위의 아우트라인은 세 개의 문단으로 엮여 있는데, 그 세 문단은 그 상호관계로 보아서 '도입 - 발전 - 매듭'과 같은 이음새를 가지고 있음을 알게 된다.

이제 이와 같은 이론을 바탕 삼아 어느 본보기의 글을 두고 그 이음새 읽기를 해볼까 한다.

고대 이스라엘의 두마라는 도시에 한 사나이가 살고 있었다. 그는 금화 6,000개의 값어치에 해당하는 커다란 다이아몬드를 하나 가지고 있었다.

어느 날 유대교의 성직자인 랍비가 사원의 장식에 쓰려고 금화 6,000개를 가지고 그 사나이 집으로 다이아몬드를 사러 갔다. 그런데 공교롭게도 그의 아버지가 다이아몬드를 넣어둔 금고 열쇠를 베개 밑에 넣고 낮잠을 자고 있었다.

그러자 사나이는 단호하게 말했다.

"주무시는 아버지를 깨울 수는 없습니다. 그러므로 다이아몬드는 못 팔 겠습니다."

다이아몬드를 팔면 굉장한 돈을 벌 수 있음에도 사내는 잠들어 있는 아 버지를 깨우지 않았다.

이 대단한 효자에게 감탄한 랍비는 그 후 이 일을 효의 본보기로 삼아 사람들에게 이야기했다.

(김홍기 엮음, 「진정한 효도」, 『탈무드』, 오늘의책, 2002, 12~13쪽)

이 탈무드(유대인의 민담 모음)의 글은 맨 앞에서 말머리를 일으키고 있다. 즉, 이야깃거리를 던지고 있다. 이어서는 그 말머리를 물고 이야 기를 펼쳐 보이고 있다. 그리고는 맨 끝에서 마무리를 짓고 있다. '도입 - 발전 - 매듭'의 이음새로 엮어진 본보기 같은 글이다. 아우트라인도 그 또렷한 이음새를 따라 쉽게 잡힐 것이다.

글짓기의 실제(1): '매화꽃 앞에서'

이처럼 구상을 하면서 잡게 되는 개요概要 또는 아우트라인은 한 편의 글을 온전하게 써나가게 될, 안내자 구실을 하게 될 것이다. 그래서,

지난겨울은 별나게 추위가 매서웠다. 사흘이 멀다고 눈보라가 몰아치기도 했다. 개울은 물론 강도 얼어붙었다. 그뿐 아니다. 논밭도 꽁꽁 얼음 밭이 되었다. 몇 차례 감기를 앓은 내게 삼동 겨울은 너무나 모질고 독했다.

그래서 나는 겨울이 빨리 지나기기를 바랐다. 봄이 오기를 간절히 바라고 또 기다렸다. 반가운 친구를 기다리듯 했다. 얼음이 풀리고 바람이 부드러워지기를 손 모아 빌었다.

그런데도 입춘이 지나고 경칩이 와도 봄은 오기는커녕, 다가오는 기척도 없었다. 3월에 들어서서도 오히려 늦추위가 모질게 굴었다. 계절은 오

히려 뒷걸음을 치는 것 같았다.

그러던 중, 어느 날 뜰을 거닐고 있는데 문득 아릿한 향내가 번져왔다. 나도 모르게 절로 큰 숨을 들이켰다. 온 가슴에 향내가 번지는 게 느껴졌다.

이게 무슨 향내지?

두리번거렸다. 뜰 안을 살피는데 가지 끝이 희끗희끗한 나무가 눈에 들어왔다.

'어제 오늘 눈이 내린 것도 아닌데?'

바싹 다가섰다. 매화나무였다. 그나마 옥매玉梅였다. 눈부시게 흰 꽃들이 자우룩했다. 살며시 가지를 흔들자, 향이 설레었다. 매콤하고도 달콤한 그 향은 차가운 바람을 타고는 더 한층 싱그러웠다.

그 향이며 빛은 뜰 안 군데군데에 아직도 미적대고 있는 잔설殘雪을 스치면서 더 한층 상쾌했다.

나는 문득 부끄러워졌다. 두툼한 외투를 껴입고는 웅크린 꼴이 창피했다. 큰마음 먹고는 그걸 벗어젖혔다. 가슴을 활짝 폈다. 숨을 깊게 쉬면서 매화의 향을 한껏 들이켰다. 그러면서 나는 다짐했다. 늦추위에 웅크리지 말자고, 기죽지 말자고 기를 썼다. 싫증내고는 내던진 공부를 더한층 열심히 하자고 다짐했다. 매화꽃 한 송이를 입에 물고는 공부방으로 발을 옮겼다.

이만한 한 편의 글을 우리 스스로 지을 수 있게 해줄 것이다.

글짓기의 실제(2): '스마트폰 들고서'

앞에서 매화를 두고 할 수 있는 글짓기의 본보기를 살펴보았다. 그런데 매화는 조선의 시조가 보여주듯이 아주 오래된, 전통적인 소재고 주제다. 하지만 그런 묵은 소재에만 기댈 수는 없다. 아주 새로운, 그러면서도 누구에게나 친숙한 소재에도 관심을 기울여볼 만하다. 그런 소재를 하나 골라서 이제부터 글짓기를 한다고 가정해보자.

물론 여러 가지가 떠오를 것이지만, 화제를 고르다 보니 컴퓨터며 모바일이 연상되었다고 해보자. IT 문화의 여러 국면이 떠오르고는 애플리케이션, 페이스북, 트위터 등등이 연달아 상기되기도 할 것이다. 그런 식으로 다양한 화제가 생각나는 가운데 스마트폰을 골랐다고 가정해보자.

일단 스마트폰이 제재 또는 소재로 잡힌 셈이다. 그러나 주제 잡기가 만만치 않을 것이다. 스마트폰은 그 쓰임새가 여간 복잡하고 다양한 게 아니라서, 무엇을 주제로 삼을까 망설이게 될 것이다. 여러 가지 궁리 끝에 첫째로, 애플리케이션까지 넣어서 그 용도를 주제로 다루어볼 수도 있다고 생각할 수 있다.

둘째로는 2012년 봄을 기준으로, 국내에서만도 3,000만 명이 넘게 스마트폰을 사용하고 있다는 것을 주제로 할까 하고도 생각해볼 수 있을 것 같다. 노상 손에 들고 다니고 호주머니에 간직하고 다니면서 사용하게 되는 도구 가운데, 그 사용자의 숫자가 국내에서만 3,000만 명을 넘는다는 것은 여간한 애깃거리가 아니라서, 그걸 주제로 삼아도 괜찮을 것 같다.

또 있다. 셋째로는 페이스북이 지구촌 전체에 걸친 네트워크 서비스를 하면서 전 세계의 사람들을 상대로, 이웃처럼 친구처럼 이야기를 나누고 정보를 교환하는 데에서 주제를 이끌어낼 수도 있겠다고 생각할 수도 있다.

그런데 궁리궁리한 끝에 세 번째 것으로 주제를 정한다고 가정해보자. 적어도 스마트폰이 작동하고 있는 동안 우리는 누구나 세계인이 되고 지구인이 될 것이다. 타인과 더불어서, 군중과 더불어서 하나가 될 것이다. 범지구적인 커뮤니케이션의 네트워크 속에 우리 각자는 자리 잡을 수 있을 것이다. 비유해서 말하자면 '광장 속의 존재'가 될 것이다.

그래서 몇 가지 주제를 포함한 주제문을 생각해낼 수 있을 것 같다.

- 스마트폰과 오늘의 문화
- 스마트폰으로 마련된 새로운 인간관계와 문제점
- 스마트폰으로 달라진 나의 인생관
- IT 시대의 선구자, 스마트폰

이들 주제(주제문)의 후보들 가운데서 어느 것 하나를 골라잡아야 하는데, 굳이 둘째 것을 골랐다고 가정하고는 다음 단계로 옮기는 게 어떨까.

그렇다면 당연히 '스마트폰으로 오늘날 새로운 인간관계가 마련되어 있지만 문제도 있다'라는 주제문과 거기 포함된 '스마트폰' 그리고 '새로운 인간관계 및 문제점' 등의 키워드가 핵심이 되어 아우트라인이 작성되어야 할 것이다. 그러자면 새로운 인간관계를 전제로 하고 오늘날 스마트폰이 가지게 될 속성을 먼저 지적하는 것이 바람직할 것 같다. 그 선을 따라서 아우트라인을 잡게 될 것이다.

스마트폰 덕택에 트위터가 그렇듯이 페이스북을 통해서도 우리 누구나 온 세계를 지구촌 삼는다. 이웃으로 삼는다. 다들 순식간에 친구가 되고 지인이 되고 동료가 되기도 한다. 전 세계 인구 중, 6억 명이 모바일로 페이스북에 접속된다. 우리 각자 하기에 따라서는 그 6억의 사람들과 일정한 시간 안에 교우交友가 될 수도 있다.

일찍이 인류 역사상, 이런 인간 교류며 인간관계는 없었다. 인류 역사

그리고 문화가 돌연변이를 한 것이다. 그야말로 이포크메이킹epoch-mak-
ing, 이를테면 획기적이다. 그렇게 우리는 범세계적인 규모에 걸쳐서 통신
하고 교신하고 잡담을 주고받고 재잘거리게 된다. 스마트폰의 페이스북
이 곧 우리가 오늘날 살고 있는 세계다. 그 안에 우리 인간 존재가 있다.

하지만 페이스 북의 영향이 큰 만큼 문제도 있다. 여러 가지가 있겠지
만 직접적인 만남이 없는 나머지, 직접적인 인간적 거래가 없다는 것이 지
적될 수 있을 것이다. 그것은 메마른 커뮤니케이션이라고 해도 좋을 것
같다.

좀 길어지기는 했지만 이 정도의 아우트라인이 작성될 수 있을 것이
다. 이런 대의를 살린 실제의 작문은 독자 여러분께서 직접 해보시
기를 바라고 싶다. 대의가 주어진 만큼 어렵지 않을 것이라 믿는다.

글의 갈래와 종류
그리고
그 읽기와 쓰기

글에도 하고많은 종자가 있으니,
미처 헤아리기도 어려울 정도.
그래도 성질 따라
갈래는 있기 마련.
갈래 따라 쓰기 읽기도 달라지기 마련.

글, 그 인생박물관, 인간 백과사전

햇살에 그을려서 주름진 작은 얼굴, 작은 색칠한 것 같은 코, 겨우 알아볼 만한 작은 갈색의 눈, 줄기 위에 씌워진 버섯의 꼭지마냥, 그의 쬐꼬만 머리를 덮어씌운 풍성한 꼬부랑 검정 머리칼을 가진 열다섯 살쯤 되어 보이는 난쟁이를 만났다.

(투르게네프, 「아름다운 나라에서 온 난쟁이 카시안」)

여름밤의 별들이여!
저 푸른 하늘 멀리
너희 금빛을 감추어라!
그녀가 잠들었단다!
내 아씨가 잠들어 있다!

여름밤의 바람이여!

저기 담쟁이덩굴 휘감기는 곳에

네 부드러운 깃털을 접어라!

그녀가 잠들었단다!

내 아씨 잠들어 있다!

(롱펠로,「세레나데」)

모파상의 삶은 비참하게 끝이 났다. 그의 말년의 20년 동안 그는 성병
인 매독梅毒을 앓았다. 그의 나이 서른아홉 때, 매독은 그의 정신을 좀먹었
다. 그리하여 그는 자살을 기도한 끝에 마지막 인생을 요양시설에 감금된
채로 보내야 했다. 그의 광기狂氣 어린 공포소설『오를라』는 그의 병이며
그 결과와 엎치락뒤치락하게 또 복잡하게 얽혀 있다.

(헤럴드 블룸,『어떻게 또 왜 읽느냐』)

기도한 지 4일 만에 갑자기 한 노인이 갈의褐衣를 입고 와서 말하기를,

'이곳에는 독벌레와 사나운 짐승들이 많으므로 두려워할 곳인데, 귀한
소년이 홀로 이런 곳에 온 것은 무슨 까닭인가?'

하였다.

유신은 대답하기를,

'어른께서는 어디서 오셨는지, 존명이 무엇이온지 알고 싶습니다.'

하니 노인은 말하기를,

‘나는 일정하게 사는 곳이 없고, 가고 오는 것은 인연에 따라 한다. 이름은 난승難勝이다.’

라고 하였다.

공은 이 말을 듣고 그가 비상한 사람임을 알고 두 번 절하며 앞으로 나아가서 말하기를,

‘저는 신라 사람으로, 나라의 원수를 보고 마음이 상하고 머리가 아픈 까닭에 이곳에 와서 만나는 분이 있기를 기다렸습니다. 바라옵건대 어른께서는 저의 정성을 불쌍히 여기시어 방술을 가르쳐 주소서.’

하였으나, 노인이 말이 없으므로 공은 눈물을 흘리며 간절히 청하기를 그치지 않고 6, 7차례에 이르렀다.

(김부식, 『삼국사기 열전』)

불과 네 가지만 인용했지만, 글이 얼마나 다양하고 또 변화가 많은지 보여주고 있다. 그것은 봄이 한창인 무렵, 들판에 핀 하고많은 꽃들을 닮아 있을지도 모른다.

이 네 편의 글은 동서양이 다르고 국적이 다르다. 시대는 제각각이다. 필자의 신분, 직종이 다르고 글의 장르, 곧 종류 또한 다르다. 그뿐 아니다. 소재가 다르고 주제 또한 제각각이다. 글에서 얻게 되는 느낌 또한 한결같지 않다.

글은 이토록 부산하고 갖가지다. 정겨운가 하면, 장중하고, 따가운가 하면, 부드럽기도 하다. 재미있는가 하면, 교훈으로 점잖음을 떨기

도 한다. 감칠맛 나고 정겨운 한편으로 비장하기도 한 게 글이다.

글은 그래서 인생 박물관이고, 인간 백과사전이다. 세상과 사물에 대해서 남김없이 골고루 일러주고 있다. 그래서 우리가 글을 읽는 것은 인간을 읽고 사회며 세계를 읽고 사물을 읽는 게 된다. 결국은 인생과 세상을 읽는 것이 된다.

한마디로 글이라지만: 갖가지 글

오늘날 한국의 교과과정이며 교육에서 대학 입학시험이 갖는 비중은 매우 크고 무겁다. 딱하게도 고등학교는 대학입시의 예비반이다시피 여겨지는 게 실정이다.

명색이 글에 관해서 이야기하다 보니, 그런 안타까운 현실에 비추어서도 무언가 발언을 해야 한다는 생각이 절실하다. 그래서 고르게 된 것이 '글의 종류와 그 속내'다. 앞에서도 누누이 지적했듯이, 한마디로 글이라고 하지만, 그 가짓수가 만만치 않다. 종류가 얼마나 될지 미리 헤아리기도 어려울 지경이다. 부지기수까지야 갈까마는 열 손가락으로는 다 꼽아질 것 같지 않다. 쉽게 떠오르는 것만 해도 그럴 것 같다.

질로서만 달라지는 게 아니다. 길이로 또는 양으로도 글은 다양하게 구분될 수 있다. 속담이나 격언 또는 잠언箴言은 글 치고도 짧은 편에 든다. '꿀 먹은 벙어리'나 '꿀도 약이라면 쓰다'가 그렇듯이 여남은도 못되는 낱말로 엮어지기 마련이다. 아니 네다섯으로도 충분하다. 그런가 하면, '나가자! 싸우자! 이기자!'처럼 부추기고 쑤셔대는 구호도 짧고 간결하기는 마찬가지다. 그러나,

> 사실 3군 합동성 문제는 어제 오늘의 일이 아니다. 임진왜란 때 해전을 모르는 군 지휘부가 수군을 억지로 출정시켜 사지에 몰아넣었다. 도원수 권율은 (수군의) 통제사 원균을 불러 곤장을 치기도 했다. 역대 정부가 추진했던 군 개혁의 요체도 합동성 강화였다. 하지만 그때마다 개혁 프로그램은 각 군의 뿌리 깊은 이기주의 탓에 용두사미가 되곤 했다.
>
> (이철희, "'평양성'의 삼국과 대한민국 3군", ≪동아일보≫, 2011년 3월 7일자)

이런 신문의 논설문이 보여주듯이, 여기 인용된 것이 원문의 8분의 1 정도에 지나지 않은 길고 논리적인 글도 있을 수 있다. 신문 사설이나 논설문 또는 평론이라면 모두 이와 같을 것이다.

이렇듯이 꼬박꼬박 논리를 세우고 체계를 갖추어서 읽는 사람의 지성에 작용하는 글이 있는 한편으로, 감정이며 감각을 앞세워서 읽는 사람의 정서의 공감을 불러일으키게 작용하는 글도 있을 수 있다. 크게 보아서 논설문이 전자의 보기에 드는 데 비해 시나 수필은 후자의 보기에 들 것이다.

쉽게쉽게 써지고 읽히는 글들, 예컨대 편지나 일기가 있는 한편으로 읽기도 쓰기도 꾀까다로운 평론이나 논문도 있기 마련이다. 주로 읽는 사람의 기분이나 감성을 자극해 충동적으로 행동을 일으키게 하는 것이 목적인 선전이나 광고, 홍보가 있는가 하면 차분하게 읽는 사람의 이성에 작용해서 같은 주장과 생각을 나누어 갖게 하는 글, 예컨대 논설문이나 논증 등도 있을 수 있다.

우리가 스스로 글을 쓸 때나 또는 남의 글을 읽을 때나, 이처럼 글에 따라 성질이 다르고 종류도 다를 수 있다는 것을 명심해야 할 것이다.

3

글이란 그 대단한 것

글이란 게 도대체 뭘까? 앞에서도 자주 언급했듯이 우리의 생각을 문자로 옮겨놓은 것은 그게 무엇이든 모두 글이다. 한자로는 일단은 '문文' 또는 '서書'라고 할 테지만, 서는 책을 가리키기도 하고 문자를 가리키기도 해서 우리의 글과는 달라진다. 우리의 글이 글자의 준말로도 쓰이게 되면, 한자의 서와 가까워진다.

다 같이 우리 한국과 함께 한자문화권에 속해 있는 이웃 일본에는 우리의 글과 같은 뜻의 낱말에 '후미'라는 것이 있긴 하지만, 자주 흔하게 사용되는 낱말은 아니다. '후미' 말고는 '쇼書' 또는 '분文'이라고 한자를 빌려 쓰기도 한다. 물론 우리와 마찬가지로 '문장文章'이라는 한자어도 쓰고 있다.

그런데 '글'이란 낱말은 그것이 다른 낱말과 어울려서 복합어가 될 때 쓰임새가 사뭇 다양해진다. '글 속'이란 낱말이 국어사전에서 '학문을 이해하는 정도'라고 풀이되는가 하면, '글월'은 누구나 알다시피 문장이고 또 편지다. 또 '글발'이라면 무엇이든 문자로 적어놓은 것을 강조한다. 물론 '글월'처럼 편지를 가리키기도 한다.

또 있다. '글치레'는 '글을 잘 매만져 꾸밈'이라고 사전에 풀이되어 있다. 글도 사람처럼 겉치레를 하는 셈이다. 이런 보기들까지 합쳐서 국어대사전에는 자그마치 스무 가지도 더 되는, '글' 자 붙은 낱말이 올라가 있다. 글의 끗발이 매우 센 셈이다.

조선왕조 내내 우리의 중세기 사회에서 '글'과 같은 뜻의 '문文'은 사회적으로 문화적으로 여간 큰 세도를 떨친 게 아니다. 신분으로도 또 국가 제도로도 문은 대단한 기세를 과시하고 있었다. 양반이라지만, 문반文班이 무반武班보다 월등했다. 웬만한 신분이면, 어려서부터 서당에 다니면서 글공부를 했다. 천자문부터 시작해 소위 사서삼경을 읽고 외워야 했다. 그것은 나이가 들어서도 마찬가지였다. 어려서나 어른이 되어서나 상류 계층에 드는 사람은 누구든 글 읽는 '문사文士'였다. 글 읽는 선비들이었다.

'선비'란 말은 인간적인 긍지에 넘친 말이었다. 학문은 닦았으나 과거를 통해서 벼슬살이하지 않는 사람을 가리키는 이외에 선비는 글공부를 한 사람을 의미했고, 더 나아가서는 어질고 착한 사람, 이를테면 인품이며 인격을 갖춘 사람을 가리켰다. 글이란 거룩한 인성의 바탕이라고 생각한 것이다.

그러기에 글을 안다는 것은 문맹文盲을 면하고 문리에 밝다는 것뿐만 아니라 지식을 갖추고 수준 이상의 교양을 갖춘 것을 의미했다. 이럴 때 '문리文理'라는 말에 특히 유념해야 한다. 문리는 일차적으로는 문자 그대로 '문장의 이치'를 의미하는 말이었지만, 더 나아가서 는 세상과 만물의 로고스logos, 곧 사리事理며 이치를 이르는 말로 더 크게 구실한 것이다. 모르긴 하지만 온 세계에서 글에다 이만한 의미를 붙인 나라로서는 우선 한국을 들어야 할 것 같다는 생각이 들기도 한다.

네 가지 글의 종류: 논증, 설명, 묘사, 서사

　1절과 2절에서 하고많이 얘기한 것처럼 글은 다양하다. 그런데 글은 워낙 그 종류가 많다. 인간이 누리고 있는 문화 분야 또는 지적 분야에 따라서 각종 하고많은 글의 종류를 생각해볼 수 있다. 가령 일기, 편지, 메모 등 개인적인 글이 있는 한편 공문, 문서, 약정서 따위의 공공 사회에 통용되는 글도 있을 수 있다. 잡지, 신문 등은 이른바 언론에 속하는 글들이다. 광고나 홍보, 선전 따위도 그것들 나름으로 한 종류의 글을 이루게 된다. 다 같은 문학이라도 소설, 수필, 시, 평론은 서로 다른 글이다. 이 정도로 보기를 들어보는 것만으로도 글의 종류는 부지기수라고 해도 크게는 과장이 아닐 것이다.

　이처럼 가지각색으로 서로 다른 종류의 글이 있을 수 있다. 그러나 글의 종류를 다잡아서 '논증, 설명, 서사, 묘사' 넷으로 구분하는 수가

있다. 이것은 글을 그 목적과 기능에 따라 구분한 것이다. 이와 같은 글의 가름은 글 쓰는 이가

- 어떤 독자를 상대로 해서
- 무엇을 말하기 위해서
- 어떻게

썼는가에 따라 매겨진 것이다.

가령, 미처 생각을 제대로 가다듬지 못하고 있거나 아니면 의견을 달리하고 있는 독자를 상대로 해서 글쓴이의 주장이나 생각을 받아들이도록 하기 위해, 그 주장이며 생각의 정당함을 입증해 보이도록 쓰는 글은 '논증'을 하게 된다. 아니면 그런 특정한 독자를 상대하지 않더라도 글쓴이가 자기의 색다르거나 남다른 생각 혹은 주장을 펼치는 것 역시 논증이 될 수 있다.

한국만이 아니라 대부분의 사회에서 돈의 힘은 점점 커지고 있다. 생활양식이 다양해지고 인간관계가 단절되어 공통의 문화가 희박해지는 가운데 돈은 사람들을 연결하는 유일한 매체로 그 위상이 더욱 확고해진다. 세대, 남녀, 계층, 지역, 종교, 문화적 취향, 정치적 이데올로기 등 여러 영역에서 장벽이 점점 높아지고 있지만, 돈은 그 모든 경계를 가로지르면서 사람과 시스템을 엮는다. 천사처럼 사는 사람에게나 악행만 일삼는 사람에게나 돈은 변함없이 돈이다.

(김찬호, 『돈의 인문학』, 문학과지성사, 2011, 23쪽)

이 글은 사회적인 유대 또는 연결의 고리로서 돈의 기능을 내세우고 있다. 돈을 두고서 필자 나름의 색다른 주장을 일반 독자를 상대로 주장하고 있어, 논증의 본색을 잘 보여주고 있다.

이와는 달리, 뭔가 궁금해하거나 잘 모르고 있는 독자를 상대로 그것을 잘 이해시키기 위해, 잘 알아듣도록 하기 위해 쓴 글은 주로 설명을 하게 된다.

(수원의 구운동에서) 산신제와 우물고사의 주된 제물은 소이다. 소는 동네에서 소를 기르는 집에서 구하기도 했고, 여의치 않으면 수원 우시장에 가서 사왔다. 소를 잡는 것은 동네에서 하지 못하고 도살장에서 잡았다고 한다. 도살장에 이틀 전이나 삼일 전에 맞춰놓고 소를 끌어다준다. 그러면 제의 당일에 소머리와 다른 부위를 나눠서 가져다준다.

소머리는 제물로 올려서 제를 드리고, 나머지 고기는 동네 호수대로 똑같이 나눠서 먹는다. 그래서 이날 각 가정에서 소고기를 먹게 되는데, 이날은 외지로 나갔던 동네 사람들도 돌아와서 소고기를 먹었다고 한다.

(수원문화원, 『수원의 마을굿』, 수원문화원, 2006, 49쪽)

이 글은 설명문의 본보기 같은 것이다. 한 동네의 마을 굿에서 제물로 쓰이고 있는 소에 관한 정보가 세세하게 밝혀져 있다.

그런가 하면, 어떤 사건에 대해 잘 모르고 있는 독자를 상대로 그 사건의 앞뒤에 걸친 경과를 알아보도록 하기 위해서, 사건을 구체적으로 펼쳐 보이게 쓴 글은 서사를 하게 된다.

오늘은 여자가 남자를 세 번째 만나는 날이다. 다시 한 번 세어본다. 아니다. 짧게 끝났던 지난번 만남까지 치면 네 번째다. 약속 장소에 거의 다 다가가도 커피 냄새는 이층에서부터 그녀를 맞으려 굴러 내려오지 않는다. 알통이 나왔다 들어갔다 할 종아리를 상상하면서 그녀는 가방 쥔 손을 엉덩이쯤에 갖다 대고 가파른 나무 층계를 오른다. 다행히 그녀 뒤에서 올라오는 사람은 없다. 문을 열기 전에, 얼굴의 근육을 움직여 유연하게 미소를 지어보고 상의 앞자락을 쓰다듬어 정돈한다. 카페 안으로 들어간다.

(최윤, 『오릭맨스티』, 자음과모음, 2011, 10쪽)

이 글은 소설의 주인공이 약속 장소인 카페에 다다라서 그 안으로 들어가기까지의 연속된 행동을 따라잡고 있다. 소설이라면 거의 다 그렇듯이 이 보기의 글도 서사로 일관되고 있다.

한편, 일이나 사물의 특수한 국면 또는 인물의 인상이나 표정 등에 관심을 보일 독자를 상대로 해서 그것들을 직접 듣고 보는 듯이, 아니면 손수 만지듯이 또는 겪는 듯이 느끼게 하기 위해, 세세하게 또 감각적으로 실감할 수 있게 쓴 글은 묘사를 하게 된다.

이른 아침 산길을 오르면 날마다 새로운 생명이 나고, 지고, 또 다시 나고 지는 그 무궁한 섭리를 관찰할 수 있습니다.

수정 알이 수없이 열린 아침이슬 밭에서 젖은 날개를 말리는 풀벌레의 모습은 얼마나 앙증스러운지요. 아! 하는 탄성이 저절로 나옵니다.

그것들이 이슬을 털고 햇빛 속으로 '후두둑' 날아가며 빚어내는 멋진 소리를 듣던 그 감동을, 느껴보지 않은 사람은 잘 모를 것입니다.

소리는 벌레들만 내는 것이 아닙니다. 툭툭 이슬이 떨어지는 소리, 다람쥐가 놀라 지나가는 소리, 발밑에서 바스락거리며 밟히는 잎새들의 소리, 꽃잎이 한 장 한 장 잎을 벌리며 내는 소리, 묵은 가지 틈 사이로 다시 새 생명이 움트며 일어서는 소리, 소리들……

(하태무·천종욱, 『빛속으로』, 우리글, 2001, 19쪽)

이 보기에서는 눈으로 보고 귀로 듣고 또 온몸의 감각으로 느끼는 이른 아침의 산길의 이모저모가 생생하게 글로 옮겨져 있다. 매우 싱그러운 묘사가 살아 있다.

위에서 들어 보인 보기의 글들을 참조할 것도 없이, 논증은 주장이 주가 되고 설명은 풀이가 주가 된다는 것을 그리고 서사는 사건의 펼쳐 보임이 주가 되고 묘사는 무엇인가의 인상이 주가 된다는 것을 실감하게 될 것이다.

그런데 논증과 설명과 서사며 묘사, 그 넷 가운데 어느 것이나 단 한 가지만으로 이루어져 있는 글은 실제로는 아주 드물다. 논증이 주가 되는 경우, 설명이 따를 수 있다. 설명의 비중이 클 때면, 거기 논증이 어느 정도는 끼어들 수도 있다. 서사에 묘사가 겹치게 되는 것은 흔한

편이다. 소설이 그 좋은 본보기다. 그런가 하면 묘사가 주가 될 경우
라도 서사가 조금은 거들게 될 수도 있다. 물론 논증이나 설명에도 묘
사며 서사가 짧게나마 거들게 될 수도 있다.

논증이란 그 까다로운 것: 논술과 관련해서

학생들이 비교적 많이 읽고 시달리고 하는 글이 다름 아닌 논증문이다. 물론 각종 교과서나 참고서에서 설명이 가장 큰 몫을 차지하기는 할 테지만, 논증도 그것에 버금할 만큼 만만찮게 자주 읽을거리가 되고 있다. 그런가 하면 성인들이나 사회인들은 신문 사설을 통해서 논증에 접하게 된다. 또한 각급 의회의 의원 입후보자들의 정견발표에서도 논증을 대하게 된다.

그런데 한마디로 논증이라고 하지만, 순수하게 논증 그 자체로만 글 한 편의 앞뒤가 갖추어져 있는 경우는 흔하지 않다. 그러한 점은 설명이나 서사, 묘사도 다를 바 없다. 순수하게 글 전체가 어느 한 가지로만 이루어져 있는 보기는 드물다고 보아야 할 것이다. 앞에서 강조했듯이 논증에서는 으레 설명이 적잖은 구실을 맡아내고 있고 서사에서는 묘사가 제구실을 톡톡하게 하고 있는 보기는 얼마든지 찾아낼 수 있다.

그러니까 한 편의 글이 논증, 설명, 서사, 묘사, 이 네 가지 가운데 어느 것에 들 것인가를 따져서 결정짓는 것은 어디까지나 상대적이다. 넷 가운데서 어느 것의 비중이 다른 것을 앞질러 있는가를 따져서 결정지어야 한다.

우리는 누구나 평소 대화를 주고받으면서 '제발 내 말 좀 들어'라고 말할 때가 있다. 이럴 경우 '내 말 들어'라고 하는 것은 '내 생각을 받아들여달라'는 의미가 될 수 있다. 아니면 '내 말 믿고 내가 시키는 대로 해'와 같은 뜻이 되기도 한다. 이것이 글로 옮겨지면 논증論證이 되고 논증문이 될 것이다. 논증의 가장 쉬운 보기가 될 수 있다.

한편, '지금부터 하는 내 말은 어김없는 사실이야. 진실이란 말이야'라고 할 때도 논증을 하고 있는 셈이 된다.

다 같은 논증이라도 이들 두 가지 보기는 상대적으로 서로 조금씩 다르다. 앞의 것은 뒤의 보기에 비해 상대적으로 상대방에게 무엇인가를 요구하는 면이 강하다. 생각을 고쳐먹기를 요구하고 행동을 해주기를 바라고 있다. 그렇게 말하는 사람은 자기의 주장을 강하게 내세우면서 상대방이 그 주장에 따르기를 요구하고 있는 편이다. 이와는 달리, 뒤의 보기는 앞의 보기와는 상대적으로 다르게 상대방이 직접 어떤 행동에 나서도록 요구하지는 않는다. 말하는 사람은 다만 어떤 판단을 내세우고 있는 편이다. 사실을 사실대로 지적하는 성격이 강하다.

줄여서 말하자면, 앞의 것은 '무엇을 하라'고 말하는 경향이 보다 더 강한 데 비해 뒤의 것은 '무엇은 무엇이다'라고 말하는 경향이 더 강하다. 하나는 'A는 B하라'고 우기고 있는 데 비해 다른 하나는 'A는 B다'라고 단정 짓고 있다고 해도 좋을 것이다. 앞의 것은 상대방이나 읽는 사람을 설복說服하려고 하기도 한다. 이럴 때 설복은 어떤 의견을 주장해 상대방으로 하여금 그에 따르게 함을 뜻한다. 설득이라고 해도 좋을 것이다.

물론 이와 같은 두 보기의 개성은 두 보기의 차이를 상대적으로 대비시키면서 강조한 것에 지나지 않는다. 두 보기 모두 자신의 주장을 상대가 받아들이도록 하려 한다는 같은 속성을 갖고 있는 데다 두 속성이 겹쳐 있기도 하기 때문이다.

하지만 두 보기의 차이를 구분한다면, 앞의 논증은 정책 명제를 제시하는 '정책논증'이라고 부를 수 있을 것이고 뒤의 논증은 사실 명제를 제시하는 '사실논증'이라고 부를 수 있을 것이다. 여기서 명제命題라는 것은 논리적인 판단이나 주장이 말로 표현된 것을 의미한다. '인간은 사유하는 이성의 동물이다'가 사실 명제의 보기이듯이, '인간은 이성에 바탕을 두고 행동해야 한다'는 정책 명제의 좋은 보기가 될 것이다.

그런데 정책논증과 사실논증의 구별은 이미 앞에서 지적했다시피 어디까지나 상대적이다. 그것은 두 가지 이유 때문이다. 첫째는 정책논증과 사실논증의 차이는 어디까지나 상대적이라는 점이다. 둘째는 그 두 가지 논증이 한 편의 글에서 서로 얽혀 있기도 한다는 점이다. 그것은 사실논증이냐 정책논증이냐를 가름하는 것은 어디까지나 상대적이라는 것과 관련되어 있다.

인간을 일러 사회적 존재라 하는데, 이는 인간이 관계적 존재라는 뜻이다. '나'라는 존재는 다른 존재와 아무 연관도 없이 단독으로 살아가는 것이 아니라, 남과 관계를 맺으면서 살아가는 과정에서 다른 차원의 존재로 바뀐다.(1)

예컨대, 나보다 우월한 사람을 만나면 나는 상대방으로부터 감화와 교훈을 얻게 되거나, 존재의 연약함을 보호받게 된다. 나보다 약한 사람을 만나면 그를 물질적·정신적으로 도와주어야 하는 시혜적 존재가 된다. 그러나 나와 동등한 사람을 만나면 경쟁을 하거나 협조를 하면서 일을 해내는 가운데 인간의 보편성을 이해하는 계기를 마련하게 된다. 공자가 '삼인행 필유아사三人行 必有我師'라고 설파한 데는 이처럼 인간관계 가운데 나의 존재가 변화를 겪을 수 있다는 뜻이 담겨 있다.(2)

'나'라는 주체는 대상이 되는 다른 인간의 영향을 받으며, 사회적 관계에 편입된다. 그런데 직·간접적인 관계를 맺지 않는 다른 사람은 나와 밀착된 의미연관을 가지기 어려우며, 사회적 관계의 형성도 제한된다. 이처럼 연관이 없는 인간은 인간이되 사물로 존재하는 '그것'으로서의 인간이다. 따라서 남과 대면하면서 존재의 향상을 가져오지 못하는 인간관계는 왜곡된 것이다.(3)

인간은, 다른 인간은 물론 사물과도 관계를 맺게 된다. 조각가는 대리석을 다루어 조각 작품을 만든다. 농부는 곡식을 심고 채소를 기른다. 이러한 과정에서 조각가나 농부는 대상으로부터 약간의 감흥과 즐거움을 얻을 수는 있지만, 자신의 존재가 근본적인 변화를 겪지는 않는다. 주체로서 인간이 만나는 다른 인간이 돌, 나무, 쇳덩이 같은 것들처럼 서로 간에 아무런 영향을 주고받지 못할 때, 타인은 사물화 되어 존재론적 의미영역에서 멀어진다. 인간이 이처럼 사물화 되는 경향은 현대의 특징이기도 하지만, 이는 우리가 극복해야만 하는 과제이기도 하다.(4)

인간과 인간의 관계에서 나타나는 사물화를 극복하기 위해서는 일차적으로 대상에 대한 관심을 불러일으켜야 한다. 이러한 관심은 윤리성을 띤다. 윤리적 관심이라야 존재의 의미를 향상시키는 계기가 되기 때문이다. 따라서 오도된 관심은 인간관계는 물론 인간의 존재의미를 훼손할 수도 있다는 점을 인식하고, 이에 대해 진지하게 성찰해야 한다.(5)

이것은 2011년도, 서울대학교 특기자 전형 수시 논술 문제에 나온 글이다. 모두 다섯 개의 문단으로 되어 있는데, 문단 끝의 번호는 필자가 임의로 붙인 것이다. 보기의 글은 설명이 군데군데 첨가된 논증문이라고 보아도 좋을 것이다.

(1)에서 (5)까지 다섯 개의 문단은 1 - 2(보충) - 3(발전) - 4(발전) - 5(발전)와 같이 구성되어 있다. (보충)은 뒤의 문단이 앞의 문단의 명제나 주장을 뒷받침하고 있음을 가리키고 (발전)은 뒤의 문단이 앞의

것과 연관을 가지면서도 그 자체의 새로운 명제나 주장을 내세우고 있음을 가리킨다. 이 다섯 개 문단의 문단 주제문을 골라내면 대체로 다음과 같을 것이다.

(1)문단 – 인간은 관계적 존재에서 다른 차원으로 바뀐다.

(2)문단 – (1)문단의 보충

(3)문단 – 연관 없는 인간은 사물로 존재한다.

(4)문단 – 인간의 관계가 사물화 되는 것은 극복되어야 할 과제다.

(5)문단 – 인간 관계의 사물화를 극복하기 위해서는 윤리성을 띤 관심에 대해 진지하게 성찰해야 한다.

이들 가운데서 (2)문단과 (3)문단은 그 주제문이 보여주듯 사실 명제를 제시하는 사실논증의 비중이 보다 더 크다. 이에 비해 (4)문단과 (5)문단은 '극복될 과제다' 그리고 '성찰해야 한다'라는 주제문이 보여주듯 정책 명제로서 정책논증을 하는 부분이라고 볼 수 있다.

이 보기의 글이 일러주고 있듯이 실제의 논증문은 그 성격이 복합적인 경우가 많다. 'A는 B다'라고 주장하는 한편으로 'A는 마땅히 B해야 한다'고도 주장하는 경우가 실제의 논증문에는 많이 나타나는 셈이다.

또 다른 논증: 거듭 논술과 관련해서

앞의 5절에서 이미 보았듯이 논증은, 이른바 논술에서 가장 크게 활용되고 있다. 그러자니 대학의 입학시험에서도 논술에 깃든 논증이 문제되지 않을 수 없다. 이 점은 어느 한 대학만의 논술에 국한된 것은 아닐 것이다. 여러 대학의 논술고사에서도 서로 비슷할 것이다. 대입고사를 치를 학생이면 누구나 이 점에 마음을 두어야 할 것은 말할 나위도 없다.

그런 마음가짐을 크게 두 가지로 나누어 생각할 수 있을 것이다. 하나는 예비적인 전략이 될 것이고 다른 하나는 구체적인 전술이 될 것이다.

1) 평소부터 논증과 논증문에 익숙해져 있어야 한다. 신문 사설, 학

술 논문 등을 자주 대하고 있어야 할 것이다.

2) 지원하게 될 대학의 과거 논술 문제의 경향에 익숙해져 있어야 한다. 사전에 과거에 출제된 문제를 풀어보아야 할 것이다.

3) 수험생이 지원한 대학과 학부 및 학과에 대한 시야를 갖추어야 한다. 그러한 시야는 옳게 답안을 작성하게 될, 요긴한 전제가 될 것이다.

이런 큰 테두리에 걸친 전략 3항목 다음으로는 아래의 몇 가지 세부적인 전술에 마음 써야 할 것이다.

1) 물음의 내용, 성격을 정확하게 포착해야 한다. 두세 번 고쳐서 물음을 읽고는 받아들여야 할 것이다. 물음을 잘못 짚으면 해답도 아예 잘못된 방향으로 나아갈 수 있다.

2) 주어진 문제를 대하게 될 분석적 사고가 요구된다. 제시문들을 물음과 관련시켜서 꼼꼼하게 따지고 캐면서 읽어내야 할 것이다. 그래서 주제와 주제문을 정화하게 짚어내야 할 것이다.

3) 통합적 사고가 필요하다. 이를 위해서는 첫째, 제시문 상호간의 관계를 살피되 그 차이점과 공통점을 찾아낼 것, 둘째, 문항 상호간의 관계에 주목할 것 등이 강조되어야 할 것이다.

4) 제시문에 대한 이해를 심화시켜서 그 내용을 정확하게 파악해야 하는데, 이를 위해서는 논리적 비판과 정확한 해독이 필요하다.

이상 일곱 항목은 대학입시의 논술 시험에 대처하되, 그 질문과 제시문을 대하는 태도나 방법과 관련되어 있다. 논술문제의 문항과 제시문 읽기에 관련되어 있다고 해도 좋을 것이다.

그런데 신경 써야 할 또 다른 항목이 있다. 문항과 제시문 읽기를 끝낸 다음 답안을 작성하는, 쓰기를 할 때이다. 논술 시험이니까 당연히 답안은 논술문이어야 하고 논증을 해야 한다. 여기서는 크게 보아서 두 가지에 신경을 써야 한다.

1) 논문답게 문체를 갖추어야 한다. 답안에 기록된 주장이나 판단이 논증하는 글답게 전개되어 있어야 한다. 논리며 형식이 정연하게 갖추어져 있어야 할 것이다.

2) 이때, 넓게 보아서 귀납법과 연역법의 두 가지 방식이 있을 수 있다.

귀납법은 논거論據가 될 자료를 몇 개 보인 끝에 결론을 맺는 방식이고 연역법은 순전히 논리의 엮음으로 결론을 이끌어내는 방식이다. 가령, A = X , B = X , C = X , D = X 이라서 A, B, C, D는 동일하다고 결론을 이끌어내는 것은 귀납법의 한 가지 본보기가 될 수 있을 것이다.

그런가 하면 연역법은 삼단논법을 따르되, 두괄식과 미괄식 둘 가운데 하나를 고르는데, 결론이 맨 앞에 자리 잡고 있으면 두괄식이고 반대로 맨 뒤에 자리 잡고 있으면 미괄식이 된다.

두괄식은 결론을 맨 앞에 내세우고 난 다음, 그 결론을 뒷받침할 논거를 뒤이어서 논리적으로 제시하게 된다. 미괄식은 '도입 - 발전 - 결론'과 같은 형식을 취하게 되는데, 좀 더 구체적으로는 '문제 제기(문제점 지적하기) - 문제 해결의 방법 제시 - 결과적인 해결(답 제시)'와 같은 절차를 밟게 된다. 그런데 어느 형식을 취하든 간에,

1) 문장은 짧게 써 명쾌하도록 할 것
2) 문장과 문장끼리의 이음새에는 적절한 접속부사 또는 부사어구
(그러므로, 왜냐하면, 이와 반대로, 다른 각도에서 보면 등등)로 표시할 것
3) 글 전체의 짜임새는 명쾌하게 논리적이어야 할 것
4) 마지막 또는 결정적인 결론은 강하게 강조할 것

이상 네 가지 원칙을 지켜내야 한다.

글이 길어졌는데, 그것은 논술문 또는 논증이 가장 까다로운 글쓰기 중 하나라는 것에 대해 말해줄 것이다.

논술과 논증, 그 쌍둥이의 관계

논증에 대해서는 앞의 3, 4, 5의 세 절에 걸쳐 소상하게 알아보았다. 논증 자체가 그만큼 읽기 까다롭고 쓰기도 어렵기 때문이다. 막상 글을 쓰자고 들고 읽자고 들면 논증은 성가신 게 사실이다. 하지만 우리는 일상생활에서 하고많이 또 자주자주 입으로 논증을 하고 있다. 그것은 앞에서도 지적되어 있다.

'내 말 잘 들어, 헛들으면 안 돼! 시키는 대로 하라고'라고 기를 쓸 때, 아니면 '이건 정말이야, 제발 좀 믿어줘!'라고 청할 때, 우리는 다름 아닌 논증을 하고 있다.

우리는 자주 자신이 하는 말이 옳다고 주장한다. 우리는 상대방이 내 생각대로 움직여주기를 바라기도 한다. 그럴 때, 우리는 자신도 모르게 논증을 하고 있는 셈이다. 따라서 글쓰기에서의 논증이 까다롭고 힘겹다고 고개 외로 꼬고 말 것은 아니다. '평소 늘 입으로 한 건데 뭐!' 그렇게 새삼 자기 자신을 깨우쳐야 한다.

그러니 논술이라고 해서 겁낼 것 없다. 논증에 자신이 붙으면 논술쯤이야 '누워서 떡먹기'까진 몰라도 '앉아서 떡 먹기' 정도는 될 수 있다. 이 때문에 또한 앞에서 다룬 논증에 관한 대목을 거듭거듭 되새겨야 할 것이다.

'논술'은 사전에 '자기의 의견을 조리 있게 서술함 또는 그런 글'이라고 나와 있다. 이런 뜻풀이를 보면 논술은 논설論說과 매우 닮아 있다. 그러자니 앞에서 소상하게 살핀 바 있는 논증이며 논증문과 논술은 서로 이름만 다른 것뿐이다. 논술과 논증은 쌍둥이 격이다. 그나마 소위 일란성 쌍둥이나 마찬가지다.

그런데 논설은 우리가 특별한 경우에만 골라 읽게 되는 것은 아니다. 일상 대화에서도 우리는 논증하면서 절로 논설하고 있다. 입으로 대화하면서 서로 논설하고 있다. 본격적으로는 아닐 테지만 그래도 비슷하게 우리는 논술이나 논설을 하고 있다. 토론, 토의가 그 좋은 본보기다. 친구들하고 옥신각신 서로 자기주장이 옳다고 내세울 때, 우리는 논증을 하고 논설이며 논술을 이미 하고 있다.

그런가 하면 우리는 글로도 논술을 자주 대하고 있다. 각종 광고나 홍보도 상당한 정도의 논술이다. 주장이나 의견을 조리를 갖추어 내보이면서 독자들이 따라주기를, 이를테면 물건을 사주고, 어느 행동을 취해주기를 바라고 있을 때, 광고나 홍보는 논증이 되고 또 논술이나 논설이 된다.

그런데 더 본격적으로 제대로 형식을 갖춘 논술이나 논설에 접하는 기회가 일상적으로 많이 있다. 무엇보다 신문 사설이 그렇다. 또 이따금 텔레비전에서 만나게 되는 논설 역시 그렇다. 그러니 일부러 기회를 내서 집에 매일 배달되는 신문에서 사설을 읽고 검토하는 습관을 붙이게 되면 자신도 모르는 새에 논술의 달인이 되어 있을 것이다. 그것은 논술을 잘하게 되는 지름길이다.

8

설명의 구실은, 그 이모저모

논증문이 만만치 않듯이 설명문 또한 쉽게 보아 넘길 게 못 된다. 어떤 사실(또는 사건), 개념, 어떤 사물, 어떤 대상에 관해 풀이하고 밝히고 하는 것이 곧 설명이다. 그러니까, 우리가 실제로 대하게 되는 각종 글들 가운데서 설명은 아주 큰 비중을 차지하게 된다. 각급 학교의 교과서며 참고서는 앞에서도 이야기했다시피 설명문으로 넘쳐난다. 그뿐 아니라 교사나 교수 등 가르치는 사람의 언어 또한 거의 절대적으로 설명문으로 이루어져 있을 것이다. 일반 사회인이라면, 신문이나 잡지의 가사에서 번번이 설명문을 대하게 될 것이다.

일본 대지진의 여파로 후쿠시마 원전에서 나흘 새 4번의 폭발이 발생
한 데 이어 16일에도 화재가 발생, 일본 전역을 '핵공포'의 도가니로 몰아

가고 있다.

전날 2차례에 걸쳐 폭발 및 화재가 발생했던 제1원자력 발전소의 4호기에서는 이날 오전 5시 45분께 또 화재가 발생했다.

일본 정부는 국제사회의 도움을 받아 사태 확산 방지에 총력을 기울이고 있지만 이미 사고가 났던 1호기와 2호기의 핵연료봉의 상당 부분이 파손됐다는 보도가 나오는 등 사태는 쉽게 수그러들지 않고 있다.

(≪동아일보≫, 2011년 3월 16일자)

이 기사에 나온 사건은 결코 일본이라는 어느 한 나라 또는 지구상의 특정 지역에서만 일어날 수 있는 일이 아니다. 전 세계를 통틀어 300개에 가까운 원자력 발전소가 있는 것만 생각해보아도 그렇다. 우리 한국에만도 20개가 넘는 원자력 발전소가 있다. 일본의 후쿠시마현의 원자력 발전소의 지진으로 말미암은 폭발은 언제, 다른 지구촌의 그리고 한국의 일이 될지 모를 일이다. 독일과 러시아 등이 이미 원전 발전소 건설을 포기하는 것이 그에 대해서 말해준다.

우리는 이처럼 전 지구촌의 문제일 수 있는 일본 후쿠시마의 원자력발전소의 폭발 사건에 관한 위의 신문 기사를 다급한 관심을 가지고 읽게 될 것이다.

그런데 이 기사는

언제 , 어디서 , 무엇으로 말미암아서, 누구에게서, 어떤 결과(어떤 일)가, 어떻게 빚어졌는가에 대해서 밝히고 있다. 모두 여섯 가지 조건이 갖추어진 것이 쉽게 눈에 들어올 것이다. 이 여섯 가지 조건은 이 기사 나름의 '6하 원칙'이라고 해도 좋을 것이다.

누구, 언제, 어디, 무엇 , 왜 , 어떻게

이렇게 한 단위의 글에서 갖추고 있는 여섯 가지를 '6하㎖'라고 부를 수 있다. 위에 인용된 신문기사는 6하 원칙에 기대 어떤 사실 또는 사건을 독자들에게 풀이하고 있는 셈이다. 그래서 위에서 인용된 글은 사건을 다루는 전형적인 설명문이 된다.

그런데 설명은 어떤 사건이나 어떤 사실을 두고서만 행해지는 것은 아니다. 어떤 사물을 두고도 설명은 제 몫을 다하게 된다.

쿠푸Khufu 왕의 피라미드는 세계 최대의 건축물로 저변의 폭 230m이다. 창건 때의 높이는 146.59m였지만, 지금은 12세기에 일어났던 지진으로 꼭대기 부분이 무너져서 137.2m이고 부피는 259만 4914평방미터다.

피라미드를 구성하는 석재의 평균 무게는 1개 당 2.5톤으로 추정되고, 사용된 석재 수는 230만 개라고 하고 268만 개라고도 한다.

돌을 쌓은 단층의 수효는 원래 210단인데, 지금 남아있는 것은 203개다. 가령 이런 돌로 돌집을 쌓으면 12만 명을 수용할 수 있다고 한다. 또한 어떤 전문가는 이런 돌을 30cm로 잘라 연결하면 지구의 2/3를 에워쌀 수 있다고 하며 높이 3m, 두께 30cm로 자른다면 프랑스 전체를 둘러쌀 수 있다고 한다.

이 돌들의 무게를 합치면 684만 8,000톤으로 만약 적재량 7톤짜리 화물차로 운반하면 97만 8,286량의 짐차가 필요한데, 이 화물차를 연결해 보면 그 길이는 6,200킬로미터에 이른다.

(하태무·천종욱,『나일의 선물』, 코람데오, 2005, 70~71쪽)

피라미드라는 사물을 두고 그 구조에 관해 설명이 세세한 것이 퍽 흥미롭다. 새삼 놀라움으로 독자의 마음이 설레게 하고 있다. 피라미드라는 구조물의 전체 외형을 보이면서 그 짜임새를 세부에 걸쳐서 풀어헤치고 있다. 이것은 분석하는 설명이라고 해도 좋을 것이다.

그런데 설명문은 사건이나 사물 말고도 어떤 조직체에 대해서도 제 구실을 하게 되어 있다. 그런가 하면, 어떤 사상이나 개념에 관해서도 설명문은 제 몫을 다하게 되어 있다. 그뿐 아니다. 음악이며 미술, 그리고 문학작품에서도 우리는 쉽게 설명문과 만나게 된다.

평호 긴 둑 서편으로 하루해가 기울고
꽃 아래 놀던 이들 취해서 비틀대네.
다시금 교방의 남쪽 길로 나서려니
집집 골목마다 백동제 가락일세

이것은 조선 중기에 한창 이름을 떨친 한시인漢詩人 이달李達의 시를 우리말로 번역한 것이다. 한데 이 시를 두고는.

시인은 상상으로 통해 멋진 봄날의 장면을 한 폭 그려 보였다. 무슨 심각한 주제 의식이나 철학적 사변이 끼어들 틈이 없다. 이 시를 읽고 감상하는 독자들의 정서적 반응은 어떤 것이었을까? 그들은 시인이 그려 보이는 이국 풍물의 아름다움에 도취되어, 마치 자신이 봄날의 흥취에 듬뿍 취해 교방 남반의 길을 걷고 있는 듯한 착각에 빠져 든다. 그의 귀에는 술집에서 들려오는 농탕한 노랫가락이 들릴 것만 같다.

(정민, 『한시 미학 산책』, 휴머니스트, 2010, 104쪽)

이런 풀이가 주어져 있다. 예술 작품의 해설이 설명의 좋은 본보기라는 것을 일러주고 있다. 이렇듯이 설명은 그 쓰임새가 많다.

위에 들어 보인 보기들을 따르자면, 요컨대, '무엇은 무엇인가?'라는 물음 또는 '무엇은 어떤 것인가?'라는 물음에 대한 해답이야말로 설명문의 본성이라고 말할 수 있다. 아니면 '무엇은 어떻게 되어 있는가?'라는 물음에 대한 해답 또한 설명이 될 수 있다고 말해도 좋을 것이다.

묘사의 재미: 읽는 사람의 감각도 되살아나는

논증이나 설명은 꾀까다롭고 성가신 편이다. 주의를 많이 기울여 읽어야만 하는 글이다. 둘 다 썩 재미난 글이라고 보기는 어렵다. 그러나 이제 달라진다. 묘사나 서사 장르의 글은, 전부가 그런 것은 아니지만 그나마 글이 구수하고 흥겨울 수도 있다. 비교적 마음 편하게 넘어 갈 수도 있다. 그래서 재미가 쏠쏠할 수도 있다.

다시 겸재, 정선의 '우여춘수雨餘春水'란 그림을 보자. 두 사람이 서 있는 바로 맞은 편 언덕에는 소나무 몇 그루가 보인다. 물 건너편 산에는 그저 점만 찍어 나무를 표현했다. 그 너머 산은 아예 실루엣만 그렸다. 화면 속 두 사람은 얼굴만 있지 눈, 코, 입이 없다. 그만큼 거리가 떨어져 있음을 나타낸다. 한 사람은 손을 내밀어 반대쪽을 가리키며 무언가 설명하고 있고,

다른 한 사람은 두 손을 맞잡고 서서 그의 말을 듣고 있다. 연암의 언급과
조금의 차이가 없다.

(정민, 『한시 미학 산책』, 휴머니스트, 2010, 84쪽)

　　위 보기의 글에서는 눈에 비치는 대로 미술 작품에 그려진 대상들
을 또박또박 베껴내고 있다. 어느 대상의 세부에 걸친 시각적인 재현

이라고 해도 괜찮을 것인데, 이것이야말로 묘사다. 말로써 그림을 그리듯이 어느 대상을 재현하는 게 묘사라고 해도 좋을 것이다. 그림 그리듯이 쓰고 적는 것이 곧 묘사다. 사물에서 받는 감각적인 인상을 말이나 글로써 표현하는 것이 곧 묘사라고 해도 괜찮을 것이다.

1558년 4월 24일. 파리는 세계적인 축제의 도시가 되었다. 노트르담 사원 앞에는 황금 백합을 짜 넣은, 푸른 색 키프로스 산 비단으로 만든 천막이 세워졌다. 붉고 노란 옷을 입은 악사들이 여러 가지 악기를 연주하며 맨 앞에서 행진했다. 그 다음 화려한 의상을 걸친 왕의 행렬이 뒤따랐다.

몰려든 사람들의 눈앞에서 결혼식이 거행되었다. 수천 수만의 경탄의 눈길이 오히려 화려한 옷차림에 짓눌려 보이는 허약한 소년 곁에 선 신부를 환영했다.

궁정시인들은 열광적으로 그녀의 아름다움을 찬양했다. 보통 때는 우아하게 이야기를 들려주곤 하던 브랑통도 '그녀는 천상의 여신보다 백배나 더 아름답다'고 묘사하고 있다. 어쩌면 행복으로 빛나던 그 순간에 특별한 후광이 그녀에게 나타났던 것인지도 모른다. 웃음을 머금은 채 사방으로 행복하게 인사하는, 이 젊고 빛나는 소녀는 어쩌면 자기 생의 가장 화려한 순간을 맛보고 있었기 때문이다.

(슈테판 츠바이크, 안인희 옮김, 『슈테판 츠바이크의 메리 스튜어트』,

이마고, 2008, 56~57쪽)

인용된 이 글은 그 속에서 직접 "브랑통도 '그녀는 천상의 여신보다 백 배나 더 아름답다'고 묘사하고 있다"고 했듯이 소설 작품 속에서 우리가 자주 만나게 되는 묘사의 본보기라고 해도 좋을 것이다. 인물과 그들이 관여하고 있는 사건의 겉모습이며 그 인상이 그려져 있기 때문이다. 읽는 우리도 그 현장에 참여하고 있는 듯이, 감탄하고 흥겨워하면서 푹하니 재미에 빠질 것이다. 그런 것이 묘사의 재미 중 하나다.

10

서사, 그 엎치락뒤치락

"부친의 어기는 좀 낮추어졌다."

"대동보소만 하더라도 족보 한 질에 오십 원씩으로 매었다 하니, 그 오십 원씩을 꼭꼭 수봉하면 무엇 하자고 삼사천 원이 가외로 들겠습니까?"

"삼사천 원은 누가 삼사천 원 썼다던?"

(중략)

"그야 얼마를 쓰셨던지요, 그런 돈은 좀 유리하게 쓰셨으면 좋겠다는 말씀입니다."

'재하자 유구무언'의 시대는 지났다 하더라도 노친 앞이라 말은 공손했으나 속은 달았다.

"어떻게 유리하게 쓰란 말이냐? 너같이 오륙천 원씩 학교에 디밀고 제 손으로 가르친 남의 딸자식 유인하는 것이 유리하게 쓰는 방법이냐?"

아까부터 상훈이의 말이 화롯가에 앉아서 폭발탄을 만지작거리는 것 같아서 위태위태하더라니 겨우 안정되려던 영감의 감정에 또 불을 붙여 놓고 말았다. 상훈이는 어이가 없어서 얼굴이 벌게진다.

(중략)

그러나 상훈이 내외끼리 몇 번 싸움질이 있은 외에는 노 영감님도 이때 껏 눈감아버린 것이요, 경애가 들어 있는 북미창정 그 집에 대하여도 부친 이 채근한 일은 없는 것이라서 지금 조인광좌중稠人廣座中에서 아들에게 대하여 학교에 돈 쓰고 제 손으로 가르친 남의 딸 유인하였다는 말을 터놓 고 하는 것을 들으니 아무리 부친이 홧김에 한말이라 하여도 듣기에 괴란 쩍고 부자간이라도 너무 야속하였다.

"아버님께서는 너무 심한 말씀을 하십니다마는, 어쨌든 세상에 좀 할 일이 많습니까? 교육 사업, 도서관 사업, 그 외 지금 조선어 자전 편찬하는 데……."

상훈이는 조심도 하려니와 기를 눅이어서 차근차근히 이왕지사 말이 나 왔으니 할 말은 다 하겠다는 듯이 말을 이어나가려니까 또 벼락이 내린다.

(2011년 서울대학교 특기자전형 수시 논술 문항)

이 글은 누구나 금방 알아차리듯 소설의 일부다. 이 글 속에서는 일 정한 줄거리를 따라서 사건이 펼쳐지고 있다. 큰 지주일 법도 한, 나이 많은 아버지와 교육자인 아들 사이에서 감정의 대립이 있고 그에 따 른 말다툼이 벌어지고 있다.

대동보, 곧 족보 만드는 데 큰돈을 들이려 하는 아버지에게 아들은 반감을 품고 있다. 이와 맞먹어서 돈벌이가 안 되는 교육 사업에 적잖은 돈을 들이고 있는 아들이 아버지에겐 못 마땅하다. 이런 것이 이른 바 갈등인데 소설과 같은 서사에서 갈등은 큰 구실을 하고 있다.

이 작품에 나오는 부자간에는 감정의 갈등이 매우 골이 깊게 패여 있다. 그것 때문에 옥신각신이 벌어지고 있다. 그 옥신각신이 인용된 대목으로는 사건의 추이, 곧 경과가 드러나 있다.

갈등은 그 동기며 발단과 그 경과 그리고 그 결말에 걸쳐서 서사며 소설의 줄거리를 이끌어나가게 되는데, 이 점은 위에 인용된 작품에서도 마찬가지일 것이다. 갈등이 곧 사건의 진행을 결정짓고 있다. 이처럼 어떤 사건의 경과며 추이를 그려나가는 것이 곧 서사다. 그래서 이야기 줄거리가 곧 서사라고 해도 괜찮을 것이다. 이럴 경우, 이야기는 대담이나 대화란 뜻은 아니다. 가령 손자들이 할머니에게 "옛날이야기 해주세요" 라고 할 때의 그 이야기를 가리키게 된다. '누가 언제 어디서 누구와 어떤 동기로 어 떤 일을 벌이게 되고 그것이 어떻게 이끌어져 나가다가 어떻게 마무리되었는가.' 이런 정도의 요소를 갖추고 있는 것이 곧 서사다.

그런데 두 사람이나 복수의 인물들 사이에서만 서사가 벌어지는 것은 아니다.

갈매기 조나단은 또 다시 혼자서 먼 바다로 떠났다. 그리고 비록 굶주리면서도 행복한 마음으로 자유롭게 나는 것을 연구했다.

(중략)

처음에는 300미터 상공까지 날아오른다. 온 힘을 다해 수평으로 똑바로 날다가 다음에는 날개를 치면서 수직 급강하로 돌입한다. 그런데 왼쪽 날개가 들썩거리면서 자꾸 몸은 왼쪽으로 기우뚱거리며 뒤집히려 한다. 그래서 균형을 잡기 위해 오른쪽 날개를 위로 쳐들자마자 몸은 다시 오른쪽으로 격렬하게 요동하며 뱅글뱅글 나선螺線 상태로 돌면서 오른쪽으로 낙하하는 것이었다.

그는 매우 신중을 기하여 양쪽 날개를 쳐올려보았다. 하지만 여러 번 같은 시도를 해보았지만 시속 110킬로미터를 넘어서는 순간 깃털이 무더기로 뒤엉키면서 균형을 잃고 바닷속으로 처박히고 말았다.

이 문제를 해결하는 열쇠는 ― 하고 그는 물에 흠뻑 젖은 채 곰곰이 생각했다. ― 고속으로 강하하는 동안 날개를 움직이지 않는 일이다. 그래, 시속 80킬로미터까지는 날개를 쳐도 그 이상이 되면 날개를 편 채로 가만히 놔두면 된다.

그는 600미터 상공에서 다시 시도해 보았다.

몸을 기울여 강하하다가 시속 80킬로미터를 돌파하자 그는 부리를 아래로 향하게 하고 날개를 완전히 편 채 고정시켰다.

그렇게 하는 데는 엄청난 힘을 필요로 했지만 결과는 아주 좋았다. 10초쯤 지나자 그는 시속 150킬로미터 정도로 쏜살같이 날 수가 있었다.

갈매기 조나단은 갈매기로서는 세계 신기록을 세운 것이다.

(리처드 바크, 『갈매기의 꿈』)

이 대목은 갈매기 조나단의 비행하는 모습과 상황을 그려내 보이고 있다. 그래서 비행하는 정경을 묘사하는 것은 불가피하다. 하지만 이 대목 전체에 걸쳐서는 조나단의 일련의 날기 시도와 그 결과까지의 절차며 과정이 연이어 그려져 있다. 엎치락뒤치락하는 일련의 행위가 펼쳐져 있다. 비행 고도는 300미터에서 600미터로, 비행속도는 80킬로미터에서 150킬로미터로 옮겨가는 그 과정이 연속적으로 그려져 있다. 그래서 이 글은 조나단 혼자가 겪어나가는 일련의 사건을 펼쳐 보이는 서사가 된다.

평생을 읽고 쓰기로

앞에서 읽기, 쓰기를 끈질기게 살펴왔다. 우리가 살아가고 있는 여러 대목 가운데서 읽기며 쓰기가 얼마나 큰 몫을 차지하고 있는지를 눈치챌 수도 있었다. 읽기 없고 쓰기 없는 인생은 생각할 수도 없다. 아니 그런 인생을 겪을 인간은 아예 있을 수가 없다.

인간으로 산다는 것, 그것에서 읽기며 쓰기의 몫은 너무나 크다. 쓰고 읽기가 곧 살기일 수도 있을 것이다. 우리는 쓰면서 살고 읽으면서 살아간다. 읽기, 쓰기는 삶을 위한 두 팔이다.

쓰기는 말할 것도 없이, 글로, 문자로 하게 된다. 쓰기는 곧 글쓰기다. 하지만 그것만은 아니다. 보다 더 근본적인 쓰기가 있다.

우리는 머리로 생각하고 마음으로 짚어보고 하는데, 그것도 곧 쓰기가 된다. 사람들은 머리를 굴리면서 소리 없이 말을 하게 되는데, 생각하기 나름으로는 그게 곧 쓰기라고 해도 괜찮을 것이다. 머릿속에서 말로써 하는 글쓰기가 있는 셈이고 또 글짓기가 있는 셈이 된다. 그래서 글 쓰기 없고 짓기 없는 인생은 상상도 할 수 없다.

글쓰기를 글짓기라고도 하는데, 이것이 품은 뜻이 깊다. 우리는 집을 짓고, 농사를 짓고 한다. 새로이 뭔가를 만들어내는 것이 곧 짓기다. 창조며 창작이 다름 아닌 짓기다. 죄는 지으면 안 되지만, 웃음은 지을수록 반기게 된다. 우리가 흔히들 글을 짓는다고 말하는 것은 글짓기가 다름 아닌 창조고 또 창작이라는 것을 가리키게 된다. 비로소 새로이 뭔가 만들어내는 것이 짓기라는 사실은 글짓기에도 맞아떨어진다. 그것은 머릿속의 짓기며 쓰기에도 적용될 수 있다. 쓰기며 짓기 없는 인생은 아예 상상도 할 수가 없다.

한편, 쓰기가 그렇게 심각한 것이라는 점과 짝을 지어서 우리는 읽기를 살펴보아야 한다. 읽기에도 쓰기 못지않은 구실이며 의미가 사무쳐 있다.

우리는 남들의 눈치를 보고 이웃의 마음을 헤아려보고 사물의 속내를 따져보고 세상의 물정을 캐고 하면서 살고 있다. 그 모든 것을 읽으면서 우리의 삶은 지탱된다. 살아가는 고비마다에서, 대목마다에서 읽기는 크나큰 구실을 맡아 한다.

갈잎 지는 것을 보고는 이미 짙어가는 가을을 넘겨본다면 , 그것은 그것대로 훌륭한 읽기가 아닐 수 없다. 인간은 자연도 읽고 있다. 세월도 마찬가지다. 그뿐 아니다. 세상이며 세계를 읽고 그 속에 있는 사물도 읽고 있다.

이런 경향은 기호며 텍스트가 인문학이며 사회학 그리고 정보학의 요긴한 대상이 되면서 더한층 강해지고 짙어졌다. 바로 앞에서 언급한 갈잎은 당당한 기호다. 말이나 글자나 부호만이 기호는 아니다. 무엇인가를 가리키거나 가르치고 일러주는 모든 것은 어느 것 하나 기호가 아닌 것이 없다. 문을 두드리는 노크 소리가 기호이듯이, 바람에 나부끼는 갈잎 또한 기호다. 우리가 보고 듣고 만지고 냄새 맡고 하는 그 모든 것은 기호가 될 수 있다. 그리고 기호가 엮어져서 어떤 짜임새를 이루게 된다면, 그래서 의미하는 바가 있게 되면, 우리는 텍스트를 만나게 된다.

소년이 바람에 불려서 떨어진 꽃잎을 주워서, 거기다 하트 무늬를 그려놓고는 싱긋 웃으며 내미는 것을 소녀가 방긋 받아들고는 입 맞춘다면, 그만큼 텍스트가 꾸며지게 된다. 그 순간 그 현장은 텍스트가 된다. 이런 것이 기호요 텍스트라면, 우리는 모든 순간 모든 자리에서 그것들과 맞닥뜨리게 된다. 세상은 기호며 텍스트로 넘치고 그래서 어디서나 언제나 우리는 읽기를 하게 마련이다.

이렇듯이 우리 인간은 온 세상, 온 사물, 온 사건, 온갖 현상을 통틀어서 쓰고 읽으면서 살아간다. 그래서 또한 살기라는 것은 읽기이고 쓰기, 바로 그것이 된다. 이 말은 어느 시대에나 통할 수 있는 것이지만 오늘날에는 더한층 심각하게, 다급하게 통할 수 있다. 오늘날 '정보화 시대' 또는 '정보화 사회'라는 말이 많이 쓰이는데, 그것은 오늘날이 더한층 절실하게 쓰기와 읽기 없이는 존립이 불가능한 시대이며 사회라는 것을 의미한다. 정보화 사회란 필경은 쓰기, 읽기의 사회라는 것을 의미하게 된다. 인터넷, 트위터 , 이메일, 채팅 등등 이른바 전자 통신이며 매체는 한결같이 쓰기와 읽기에 걸쳐 있다. 이른바 IT 시대에 읽기와 쓰기의 세도는 대단하다. 콘텐츠, 소프트웨어, 프로그램 등등이 모두 여기에 연관되어 있다.

그런데 이런 상황에서 새삼 읽기며 쓰기가 뭐냐고 묻는다면 뭐라고 답할까? 앞에서 이미 읽기며 쓰기는 살기라고 말한 바 있는데, 조금 더 꼬집어서 또는 다잡아서 답을 찾으면 어떻게 될까?

우선 읽기부터 따져볼까 한다. 읽기가 뭐냐는 물음에 대해서는 무엇보다 읽기는 짚어내기고 캐기라고 답하게 된다. 드디어는 차지하기고 얻기라고 답하게 된다. 기호와 텍스트의 속내를 파내서 의미를 짚어내는 것이 곧 읽기다. 그렇게 함으로써 드디어는 내 몫만큼의 세상이며 사물을 얻게 되고 차지하게 된다. 읽기는 수확이고 소유다. 읽는 그만큼 사물을 내 것으로 갖게 된다. 그래서 우리는 읽기를 통해 사물과 세계의 소유주가 된다. 임자가 된다.

이제 다음으로 쓰기가 뭐냐고 거듭 물을까 한다. 이때 쓰기를 짓기라고도 말한다는 데에 주목해야 한다. 짓기는 앞에서도 말한 바와 같이 집짓기, 농사짓기가 그렇듯 비로소 값진 것을 만들어내는 일임을 의미하고 있다. 그것은 창조요 창작이다. 태초에 말이 있어서 세상 만물이 만들어지고 지어지고 했다는 것을 기독교의 성경에서 배우게 되지만, 그러한 말의 창조성은 쓰기며 짓기에서 본때를 보이게 된다. 머릿속에서 생각하는 것부터가 이미 짓기다. 글로 지어지는 것은 그 다음의 일이다.

사람이 한평생을 살아가는 과정에서 읽기와 쓰기는 큰 구실을 맡아내고 있다. 젖먹이 때부터 이미 그것은 시작된다. 삶이 곧 쓰기가 되고 읽기가 되는 역사는 갓난이 때부터 이미 비롯한다.

도리도리!

까꿍까꿍!

엄마의 눈짓, 손짓을 읽으면서 갓난애는 웃음 듬뿍, 얼굴이 함박꽃이 된다. 엄마 품에 안긴 채로 읽기를 한다. 반사적으로 또 본능적으로 읽기를 한다. 그 결과로 그가 짓는 웃음은 그가 나서 처음으로 하게 되는 쓰기고 짓기다. 얼굴로, 표정으로 하는 짓기고 또 쓰기다. 그것은 우리 인간이 난생 처음으로 겪는 '커뮤니케이션'이다. 글을 알기 이전에 이미 읽기를 비롯하는 것이다. 짓기도 하게 되는 것이다.

어부바!

냠냠!

이러면서 이쁘둥이는 듣기와 말하기를 익히게 되는데, 그것으로 머지않아서 겪게 될, 본격적인 읽기와 쓰기의 예행연습을 하게 된다.

그러다가 차츰 직접 글이며 문자를 익히게 되면서, 읽기며 쓰기의 원시시대 또는 유사 이전 시대를 벗어나 본격적으로 역사 시대로 접어들게 된다. 만화 읽기, 동화 읽기로 읽기는 바야흐로 인생의 가장 큰 재미가 되고 보람이 된다. 군것질과 놀이며 장난치기에 견주어질 만큼 읽기로 흥을 돋우게 된다.

만화를 읽고 동화를 읽으면서 머릿속에서 상상을 하고 생각을 하게된다. 그게 쓰기요, 짓기다. 그래서 꼬맹이는 신도 나면서 읽기며 쓰기로 삶의 활기를 부채질할 것이다. 그것은 지적인, 정서적인 엔터테인먼트가 될 법하다. 그것은 어린 나이로 누리는 최고의 향락이고 오락이라고 해도 괜찮을 것이다.

이 단계에서 이미 읽기는 소박하게나마 짚어내기가 되고 캐기가 된다. 광부가 광맥을 캐듯이 눈으로 글의 밑층을 헤집게 된다.

'이게 무슨 뜻이지?'

글을 읽으면서 하게 되는 이런 생각은 읽기가 곧 해석이 되리라는 단서를 마련한다. 여기서 해석이란 전문적인 학문 가운데 어려운 글, 묵직한 작품을 풀어내는 것을 일삼게 되는 '해석학'이란 학문 분야에서 따온 말이다.

이렇게 되면, 읽기는 발굴發掘이 되고 채굴探掘이 되는 경지로 웬만큼은 올라서게 될 것이다. 더러는 탐험에 견주어져도 좋을 텐데, 그래서 읽기는 발견이 될 것이다. 더 나아가서는 앞에서도 지적된 바와 같이, 챙기기나 얻기가 될 것이다. 수확이 될 것이다.

이렇듯이 철들기 전부터 이미 시작된 읽기는 그 뒤 평생토록 이어지게 된다. 쓰기도 마찬가지로 평생에 걸치게 된다. 쓰기는 짓기가 되는데, 우리가 머리 쓰고 마음으로 무엇인가를 작심하고 하는 것은 에누리없는 짓기다. 글로 직접 쓰지 않았을 뿐이지 결국 작문하고 엮고 짓는 것이 된다. 우리에게 머리가 있는 한, 그 머리가 제구실을 하는 동안 창조요 창작인 짓기와 쓰기는 우리가 살아가는 필수 과정이 된다.

위에서 다섯 대목에 걸쳐서 쓰기와 읽기를 토막토막 살펴보았다. 그 긴 사연의 속 알맹이를 캐고 또 요약하자면 읽기는 '발굴하기며 발견하기'고 쓰기와 짓기는 '창작이요 창조'라고 말하게 된다. 그러는 것이 곧 삶을 사는 것 그 자체라고 말함으로써 '읽기, 쓰기, 살기'의 마무리로 삼고자 한다.

▎지은이 _ 김열규

1932년에 경상남도 고성에서 태어났으며, 서울대학교 국문학과를 거쳐 동 대학원에서 국문학과 민속학을 전공했다. 서강대학교 국문학과 교수, 하버드대학교 옌칭연구소 객원교수, 인제대학교 문과대학 교수, 계명대학교 한국학연구원 원장을 거쳐 현재 서강대학교 명예교수로 재직 중이다.

문학과 미학, 신화와 역사를 아우르는 그의 글쓰기의 원천은 탐독이다. 어린 시절 허약했던 그에게 책은 가장 훌륭한 벗이었으며, 해방 이후 일본인들이 두고 간 짐 꾸러미 속에서 건진 세계문학은 지금껏 그에게 보물로 간직되고 있다. 이순(耳順)이 되던 1991년에 헨리 데이비드 소로와 같은 삶을 살고자 고성으로 낙향했고, 자연의 풍요로움과 끊임없는 지식의 탐닉 속에서 청춘보다 아름다운 노년의 삶을 펼쳐 보이고 있다. 여든의 나이에도 해마다 한 권 이상의 책을 집필하며 수십 차례의 강연을 하는 열정적인 삶을 살고 있다.

지은 책으로 『한국 신화, 그 매혹의 스토리텔링』, 『김열규의 휴먼 드라마: 푸른 삶 맑은 글』, 『한국인의 에로스』, 『행복』, 『공부』, 『그대, 청춘』, 『노년의 즐거움』, 『독서』, 『한국인의 신화』, 『한국인의 화』, 『메멘토 모리, 죽음을 기억하라』 외 다수가 있다.

읽기 쓰기 그리고 살기

© 김열규, 2013

지 은 이 • 김열규
펴 낸 이 • 김종수
펴 낸 곳 • 도서출판 한울
편집책임 • 김경아

초판 1쇄 인쇄 • 2013년 3월 25일
초판 1쇄 발행 • 2013년 4월 20일

주　　　소 • 413-756 경기도 파주시 파주출판도시 광인사길 153 한울시소빌딩 3층
전　　　화 • 031-955-0655
팩　　　스 • 031-955-0656
홈페이지 • www.hanulbooks.co.kr
등록번호 • 제406-2003-000051호

I S B N • 978-89-460-4710-5　　03810(양장)
　　　　　978-89-460-4711-2　　03810(반양장)

* 책값은 겉표지에 표시되어 있습니다.